THE TRIALS OF APOLLO

太陽神試煉

混血營攻略

雷克・萊爾頓 Rick Riordan◎著
江坤山◎譯

遠流

獻給從古至今所有的混血營學員

太陽神試煉

【目錄】

混血營攻略

【野地】

讚美我，混血人！
我為你們製作了這部有用的影片。
相信我，它很棒。
——這首詩是阿波羅為了介紹他的迎新影片《歡迎來到混血營》所寫。

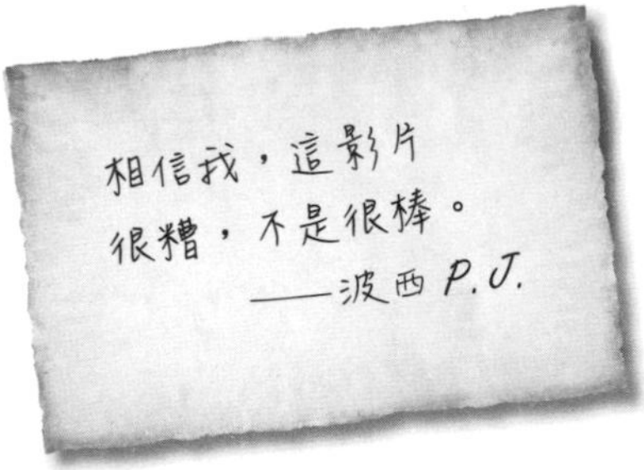

電影之夜

文／波西・傑克森

大家好，我是波西・傑克森。你可能知道我是那個幫忙拯救世界免於完全毀滅的傢伙，而且還是兩次，不過有誰會去數呢？我喜歡把自己看成只是很幸運能找到混血營的希臘混血人。

如果你能看懂這本書，那麼不要嚇到喔！你可能也是混血人。因為只有混血人（還有少數特別的凡人，像是我媽，還有瑞秋・伊莉莎白・戴爾）可以讀懂這本書究竟在講什麼。對其他人來說，這本書叫做《道路鋪面歷史大全》，內容是在講……嗯，好像不用我多說。你可以感謝迷霧選了這個題目。

所以，各位混血人，很有可能你正跟著你的羊男嚮導要來混血營；又或許你已經抵達，正在讀這本書，希望這能安定你的心神。發生這兩種狀況的機率，我會說是各一半一半。

但是，我現在要離題了。（我常常這樣，因為我有注意力不足過動症。我猜你知道那會是什麼情況。）我應該要做的是解釋一下這本書背後的故事。

幾個月前，奇戎（他是不死的半人馬，也是我們的營區活動主任）接到召喚，必須去拯救兩名無人認領的混血人和他們的羊男嚮導。（這位羊男讓自己陷入黏膩的處境，花了好幾天才把他的毛皮清乾淨。）無論如何，我們的常駐安全警衛與兼職司機阿古士開車載奇戎去執行這個任務，因為……嗯，你能想像半人馬開休旅車嗎？（你可以？喔，或許你是希普諾斯的孩子，你在夢中看過。）而我們的營長戴先生（就是酒神戴歐尼修斯）陣前失蹤，留下我們混血人自力更生。

「我們不在時，不要毀了混血營。」這是奇戎離開前的指示。阿古士用兩根手指比了自己的眼睛，然後比向我們。這個動作花了好幾分鐘，因為他有一百個眼睛，但我們都收到訊息了——乖一點，不然就有我們好看的。

我們進行著日常例行活動——戰鬥練習、排球練習、射箭練習、採草莓練習（不要問）、攀熔岩練習……你會發現這裡有一堆練習。晚上我們原本也要進行例行活動，就是營火領唱，要不是尼克．帝亞傑羅在晚餐時隨口說出某個意見的話。當時我們正在討論，如果由我們管理混血營，每個人會發生什麼改變，而尼克說：

「我會做的第一件事，就是確定可憐的混血營新生不用再經歷觀賞迎新影片的痛苦。」

所有談話都停了下來。「什麼迎新影片？」威爾．索拉斯問。

尼克一臉茫然。「你們知道……」他掃視全場，顯然對於每個人看著他感到不太自在。最後，他清清喉嚨，然後以顫音唱出團康歌曲「變戲法（The Hokey Pokey）」的旋律，但歌詞改成這樣：「它讓混血人進來！它把怪物關在外面！它讓混血人安全，但讓凡人都回頭！它是迷霧，它是魔法，它讓我想要大喊：屏障很重要！」他在唱出這首歌的最後一句之前，先無心地拍了幾下手。

我們驚訝地說不出話來，全都瞪著他看。

「尼克，」威爾拍拍他男朋友的手臂，「你嚇壞其他學員了。」

「比平常還嚇人。」茱莉亞·費恩戈德很小聲地說。

「喔，拜託，」尼克抗議，「你們都聽過這首煩人的歌，對吧？它就出現在《歡迎來到混血營》裡面啊。」

沒有人回應。

「就是那部迎新影片啊。」尼克補充。

我們全都聳聳肩。

尼克呻吟著說：「你們的意思是，我剛在大家面前唱歌……然後我是唯一看過那部蠢影片的人？」

「至少，到目前為止是。」柯納．史托爾說。他身體往前，眼睛閃過淘氣的表情。「究竟，你是在哪裡看到這部影史經典的？」

「在主屋的奇戎辦公室。」尼克回答。

柯納撐著桌子站起來。

「你要去哪裡？」威爾問。

「主屋的奇戎辦公室。」

安娜貝斯．雀斯——我那棒呆了的女朋友，雅典娜的女兒，她懷疑地皺起眉頭。「柯納……奇戎的辦公室鎖起來了。」

「是嗎？」柯納十指交叉，讓關節發出聲音。「我們等著瞧。」他轉向赫菲斯托斯的兒子，只有八歲卻肌肉異常發達的哈雷。「要一起來嗎？我可能需要人幫忙弄投影機。」

「投彈機！好耶！」哈雷握緊拳頭。

「是投影機，」柯納糾正他。「你只能讓它播放電影，不能做其他事。不能有爆破性的升級，也不能讓它變成機器人殺手。」

「喔……」哈雷失望地沉下臉，但還是跟著柯納去主屋。

我看向尼克。「看看你引發了什麼事？」

他哼了一聲說：「這是我的錯嗎？你想要我怎麼做？阻止他們？」

「阻止他們？」我露出微笑。「才不呢，老兄。我想我們應該先準備好爆米花。」

一小時之後，我們聚集在圓形露天劇場觀賞《歡迎來到混血營》。柯納和哈雷成功架設好銀幕和投影機，沒有出現任何「殺手機器人爆炸」之類的差錯，這點我很感謝。我猜想影片內容會是典型的迎新介紹——單調的旁白；營地導覽；快樂的混血人忙著自己的事，想假裝攝影機不存在。這時開場的工作人員字幕出現了。

「喔喔，」威爾低聲地說：「這下子……有趣了。」

結果這部影片幕後的創意天才是威爾的爸爸——天神阿波羅，換句話說，這**不會**是一般的迎新影片。果然，我們很快就發現，阿波羅編寫、指導、製作、主持、領銜主演了一齣……綜藝節目。

你們如果不知道綜藝節目長什麼樣子，就把它想成是加強版的才藝表演，加上罐頭笑聲、預錄的掌聲，以及特別誇張的矯揉造作。接下來一小時，我們蜷縮著觀賞阿波羅和我們的混血人前輩表演歌舞節目、朗誦詩歌、演出喜劇小品，以及在名為「七弦琴合唱團」的音樂團體裡和聲歌唱。當然，阿波羅在多數節目裡都是顯著的主角。在其中一個節目裡，他脫掉襯衫玩呼拉圈，羊男則一邊耍著彩虹般的長彩帶，一邊圍著他跳躍……這樣的事情你無法假裝沒看見。我認真考慮要請希拉把它從我的記憶裡刪除。

（好吧，我不是說真的。我不想再經歷**那樣**的事。）

不過，我知道阿波羅想達成什麼效果。每個節目都在強調混血營的某樣重要東西——小屋、訓練競技場、主屋……等等。麻煩的是，阿波羅似乎對混血營所知不多。根據瓦倫提娜．迪亞茲對髮型與時尚潮流的評估，這部電影很可能是在一九五〇年代拍的，所以影片或許準確描繪了混血營當時的樣子。如果是這樣的話，哎呀，聽我的話：六十年來**很多**事改變了。

這就是本書能發揮作用的地方。看過阿波羅的影片之後，我們覺得**真的**必須採取行動。我們必須提供新進的混血人更好的混血營介紹。所以，蹦！你手上拿的，就是在我們最愛的希臘混血人訓練設施裡生活的權威指南。

這是由混血人寫給混血人看的書，換句話說，你可以得到幾乎一切關於混血營的獨家內幕報導。你也能掌握混血營的地點，這得要感謝閶歇泉之神彼特的描述，他有賣東西時活靈活現的能力。喔，雖然我們要告訴你一些故事，你也會知道一些祕密……不過我向你保證，我**不會**帶著呼拉圈又唱又跳。

最後一件事：我們沒有想要完全剝奪你欣賞《歡迎來到混血營》的體驗，所以我們在書裡收錄了一些影片的精選片段——由你的真心好朋友加上註解。歡迎收看！（插入瘋狂大笑）

場景：一片漆黑。突然間，一道聚光燈照亮了站在主屋前面講台上的阿波羅。房子的顏色是大膽的紅，與阿波羅穿的改短白色長袍形成強烈對比。他清了清喉嚨，然後開始說話。

阿波羅：這是阿波羅寫的詩，以戲劇手法朗誦的人是……阿波羅。

喔，不朽的奇戎，
睿智、誠懇的半人馬，
我們所有英雄的訓練者，
要記住當初是誰教你的。

——《歡迎來到混血營》的開場

阿波羅的長袍真的太短了，
這一幕我一直屏氣凝神，
祈禱他不會彎下腰來。
——波西 P.J.

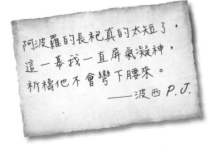

不只三千年吧，搞不好四千年？

文／奇戎

第一次見到天神阿波羅時，我只是年輕的半人馬，獨自住在皮立翁山的洞穴裡。他名符其實地從天而降，讓我差點嚇出心臟病來。畢竟不是每天都會有頂著一口完美牙齒、穿著發光金袍的一級天神出現在我的山坡上。

「你是克羅諾斯的兒子，對吧？」阿波羅拔起一顆大圓石，然後坐在上面。「我爸是宙斯！他也是克羅諾斯的兒子。所以我想你就是我的叔叔？是不是太奇怪了？」

「呃……是的，天神阿波羅。」我試著控制我鬐甲（馬肩隆起處）的抽動。「的確很怪。」我注意到天色正在變暗，即使現在才中午。「沒有批評的意思，但偉大的天神，你現在不是應該在駕駛太陽馬車嗎？」

他聳聳肩。「其實，我得停車好幾分鐘，因為阿蒂蜜絲正在上面忙她的月食。」他一邊抓著下巴上時髦的鬍渣，一邊說：「還是日食啊？我總是搞不清楚。」突然間，他從大圓石上跳起來，像是想到了什麼絕妙點子一樣。「但這不重要！我想起來我下來這裡要問你什麼了。我從來沒有騎過半人馬，你能載我在這附近繞一繞嗎？」

「嗯……」

他把手指放在太陽穴上，緩慢慎重地說：「我有預感你會說好。」以下訊息供你參考：不管是真有此意，或者只是比喻，半人馬討厭載人出去兜風。然而，我勉強擠出笑容。「我很……樂意，好的。」

「喔耶！」阿波羅發出勝利的歡呼。「誰有兩根拇指，還有預言的天賦？」他把拇指迅速指向自己。「這位天神！」

結果，讓阿波羅騎在我這半人馬的背上兜風，是我做過最聰明的一件事。不像其他半人馬，我不屬於特定族群，我是獨行俠……有時也很孤單。我們在兜風時產生了連結。我發現阿波羅在兩人獨處時可以變得相當迷人，這時他不需要努力讓大批愛慕他的粉絲印象深刻。當我們回到洞穴，他說了一件改變我人生的事情。

「奇戎叔叔，我決定教你一些東西。」

或許他覺得這個點子很好玩：姪子教叔叔。又或者，身為預言之神，他猜測我將來會在奧林帕斯扮演重要角色。不管原因是什麼，他選擇跟我分享他的知識。

首先，他為我示範一些簡單的事，像是如何把箭搭上弓弦。「瞄準時，箭的尖端離自己的身體遠一點。」以及在戰鬥中受傷時如何包紮血如泉湧的傷口。他教我製作七弦琴、演奏一些暢銷名曲，例如〈通往奧林帕斯的階梯〉、〈祭品燃燒的煙飄在水上〉，甚至創作歌詞。有一次，我努力要精進自己的寫詩技巧，他就叫我找出跟「芝麻菜」押韻的字詞，這樣他就能完成對綜合生菜沙拉的頌歌，而我能找到的最佳答案是「大海帶」。阿波羅說我的努力是「頌歌級失敗」——這是今日流行語「史詩級失敗」（epic fail）的鼻祖。但他還是繼續跟我合作。

課程持續了一年。然後有一天，阿波羅帶著六名年輕的混血人來到我洞穴的門口。「你知道我教你的所有東西了吧？」他問我。「現在該傳承下去了。讓我為你介紹阿基里斯、埃尼亞斯、傑生、亞特蘭妲、阿思克勒庇俄斯，還有波西……」

「我是柏修斯，大人。」其中一個年輕人說。

「隨便啦！」阿波羅開心地露齒微笑。「奇戎，把我示範給你看的每件事都教給他們。你們好好享受吧！」然後他就消失了。

我轉向這些年輕人。他們對著我皺眉，其中一位名叫阿基里斯的還拔出他的劍。

「阿波羅要我們跟半人馬學東西？」他質問。「半人馬是浪蕩不羈的野蠻人，比特洛伊人還糟。」

「嘿，閉嘴。」埃尼亞斯說。

「各位女士先生，」我插嘴道：「我向你們保證，我是不一樣的半人馬。讓我來教你們，我保證不會讓你們參與任何粗魯的半人馬行為，像是用頭去撞死人，或是戴上裝了酒的頭盔。」

亞特蘭妲看起來有點失望。「用頭去撞死人聽起來很好玩……不過我想我可以讓你教教看。」

我們開始上課。

首先，我評估了他們的戰鬥技巧。身為阿芙蘿黛蒂的兒子，埃尼亞斯的表現出人意料地好；我以為他擅長的會是戀愛，而不是戰鬥，但他真的知道如何用劍，而不是只把劍當成流行配件。其他混血人則需要加把勁。亞特蘭妲似乎認為所有的訓練賽都必須進行殊死戰。她也說她的同學都是「骯髒的蠢男生」，這樣要建立團隊就更難了。阿基里斯在戰鬥中全都在保護他的右腳跟，我對這個不尋常的舉動感到困惑，後來才發現他小時候浸過冥河。我試著叫這個男孩穿鐵靴而不是涼鞋，但他就是不聽。至於阿思克勒庇俄斯，他在一對一戰鬥時有個令人討厭的習慣，那就是衝去摸對手的額頭，看看有沒有發燒的徵兆。

接著，我測試學生的機智。我隨機發給他們各種材料，要他們發揮潛能，即興製作救命工具。我告訴他們：「這個古老技巧就是所謂的馬蓋先手法（MacGyvering）。」令人傷心的是，我的第一批學生裡沒有人是赫菲斯托斯的孩子，所以這項作業沒有人表現傑出。當我向柏修斯暗示，他可以敲打並拋光他的神界青銅，這樣就能做出鏡盾。他翻了個白眼，輕蔑地說：「我為什麼會使用**那種**東西？」

同樣地，多數人在音樂創作課都悲慘地失敗了。只有傑生想出令人難忘的東西：一種迷惑人的「踩腳—踩腳—拍手！」節奏。它讓人熱血沸騰，我們採用它做為戰鬥前的節拍。（在今日的體育競賽中，你還是可以聽到有人發出「踩腳—踩腳—拍手！」的節奏，一邊唱著：「我們將，我們將……讓你震驚！」）

顯然混血人還有很多事要學。但我不介意。當第一個晚上我們在營火旁一起唱歌，我感覺自己好像終於有了自己的族人。

我對這六位混血人傾囊相授，然後把他們送到世界各地，他們在那裡實現了成為英雄的命運。三項全能的亞特蘭妲以飛毛腿短跑選手、百發百中的女獵人，以及唯一的女性阿爾戈號英雄而聞名。傑生和他的組員取得金羊毛，並以各種海上冒險打動世人，成為海上傳奇。阿基里斯和埃尼亞斯成為偉大的戰士——不過令人傷心地，他們在特洛伊戰爭中是以敵對陣營進行戰鬥。（爆雷提醒：阿基里斯和希臘這一方贏了，但阿基里斯因為忘記保護腳跟而命喪黃泉。）柏修斯面對某個蛇髮女妖時，發現鏡盾終究有用；至於阿思克勒庇俄斯，他在古代歷史裡成為最精通醫術的人。直到今天，他們的英雄行徑仍鮮明留在凡人的記憶裡。

所以，我一定是做對了某件事。

每隔一段時間，就有新的混血人來到皮立翁山，我訓練了他們所有人。我成功的消息開始傳開來。當我的洞穴不夠大時，我在奧林帕斯山的山麓丘陵上建造了獨一無二、完全沉浸式的訓練設施，我叫它混血營——因為它專門用來訓練天神和凡人所生的半神半人孩子。我將混血營也開放給其他物種，像是羊男、飛馬、鳥身女妖。

羊男集體抵達時，還帶了一張阿波羅寫的便箋：

我預測將來混血人無法自己找到混血營。這世界太大、太擁擠，也太危險。當那個時候來臨，請派羊男去搜索你未來的學生。羊男可以找到任何東西。他們最近找到了荷米斯從我這邊偷走、連我都找不到的一群牛。相信我，你會需要搜尋者，他們就是適合這份工作的一群羊。

第一座混血營很簡樸，就是一個供戰鬥練習之用的露天競技場、一個開會和用餐的院子，以及一棟內有臥室的大型石造建築。這棟建築至少讓一名學員印象深刻，她看到時大喊：「啊，那是主屋！」這個名字就這樣一路沿用，我們的總部後來就叫做「主屋」。

一開始，混血人一起住在主屋裡，但每年都有新的學員來，空間愈來愈緊迫。有時會爆發打架事件。看起來混血人不只從他們的天神雙親那裡繼承了天賦，也繼承了對抗行為。為了保持和平，我把他們按家族分組，然後叫他們設計與建造能榮耀自己天神雙親的小屋。謝天謝地，在那之後爭吵就減弱為低聲吼叫了。

就像阿波羅把教學責任交給我一樣，我也把一些訓練任務交給有經驗的學員。我的用意是要他們把自己的戰鬥知識與求生技巧傳承下去。他們做到了，但他們也把家族世仇、緊緊守護的祕密，以及捉弄他人的傳統傳下去。當赫菲斯托斯小屋在深夜玩真心話大冒險（冒險就是炸掉雙耳油罐）的遊戲而幾乎燒掉木精靈的森林，我請百眼巨人阿古士加入我們的行列，擔任警衛。

那時，阿古士剛從瀕死經驗中恢復。當阿古士在守護一頭白色小母牛（她其實是宙斯最新的……嗯，女性朋友，名叫愛歐），荷米斯聽從希拉的命令，用石頭砸阿古士的頭。希拉把阿古士變成孔雀，救了他一命。他慢慢變回原來的樣子，然後趁這個機會來到混血營。也幸好他來了，如果沒有他，我們可能無法察覺第一個危及我們生存的重大威脅：幾乎把混血營夷為平地的一群怪物。

「來了一整群，」阿古士在某天深夜突然報告：「棘手傢伙。」（即使在當時，他的話也不多。舌頭中間有顆眼睛總是不方便說話，更不用說喝熱湯了。）

以前就有零星怪物來襲，我們總是能擋住牠們，但這次的攻擊不一樣。這是有組織的攻擊（雖然我有懷疑的對象，但一直沒找到組織者），而且規模很大。

幾百隻怪物（的確是棘手的傢伙）從各個角落竄出來，擠滿了混血營。我吹響海螺，發出警報，然後抓起弓和箭筒奔進院子裡。「這不是演習，各位！」我大喊。混血人紛紛從小屋跑出來，面對他們年輕生命中最大的挑戰。贏了，混血營就能繼續存在；輸了，混血營以及無數生命會就此消失。

激烈的戰鬥持續了一整晚。混血人憑著技巧英勇奮戰，以劍、矛、箭與其他武器摧毀怪物。但是我們的人數遠遠落後，我很怕混血營會完蛋。

然後，就在紅潤手指般的黎明於地平線上偷偷窺探之際，新的戰鬥吶喊聲在遠方響起。以前的學員得知我們絕望的困境後，正趕來幫忙。我們一起以全新的活力攻擊敵人。我們砍倒一隻又一隻怪物，直到整個地面都是牠們灰暗的屍體。有些怪物我們來不及把牠們送到塔耳塔洛斯，那些全逃回野外了。

我從來沒有這麼以學員為榮，不管舊學員或新學員都是。我也從來沒有這麼感到羞愧。

怎麼說呢？我知道這麼多混血人住在同一個地方，對怪物來說就像是「殺到飽」的自助餐廳。但我還是說服我自己，除了我教他們的技巧之外，學員不需要其他的保護。我的驕傲差點毀了我們，但我已經學到教訓。我立刻請伊麗絲傳遞求助的訊息到奧林帕斯。天神聽到了我們的請求。隔天，場地的周圍和上方架起了魔法屏障——這個障礙能隱藏住混血營，能躲避一些不友善的日光，也能排除未來的攻擊。

幾千年來，混血營換了好幾個地點；當天神從一個主宰國換到另一個主宰國，混血營總是會靠近奧林帕斯的所在地。在那久遠的戰鬥之後，幾千名混血人把混血營當成自己的家。你可能聽過其中一些名字：亞瑟、梅林、桂妮薇兒、查理曼大帝、聖女貞德、拿破崙、喬治．華盛頓、海麗特．塔布曼、居禮夫人、法蘭克．洛伊．萊特、愛蜜莉亞．埃爾哈特。還有更多仍活著的混血人，他們要求我不要揭露他們的身份。每年夏天，這份名單就會增添新的名字，在未來幾百年，還會有更多人加入這個行列。

至少，這是我的希望。因為不管是過去、現在和未來，這些混血人對我而言不只是學員。他們讓我這不朽的生命更值得活下去。他們是我的族人。

物質享受

場景：舞台背景是由一群混血人組成的無伴奏合唱團。他們穿著傳統五〇年代的嘟——哇普（doo-wop）服裝——黑西裝、白襯衫、細領帶。阿波羅也是同樣裝扮，只不過領帶換成金色，站在舞台中央。阿波羅面對歌手，在七弦琴上彈出一個和弦。他指向男生。

男生（唱）：嘟——！

（阿波羅指向女生）

女生（和聲）：哇——！

（阿波羅指向自己）

阿波羅（邊唱邊噴口水）：普——！

（阿波羅揮動手臂）

所有人：嘟——哇普——！

阿波羅：各位女士，各位先生……七弦琴合唱團！

（掌聲）

男生和女生（以緩慢節拍唱出輕柔背景和聲）：嘟——噠——嘟，哇，哇，嘟——噠——嘟，哇，哇。（一直持續）

阿波羅（和著節拍滿懷柔情地唱）：
大理石或許了不起，
木頭可能很不錯。
對這個混血人社區來說，
石頭是堅固的選擇。
但對於我孩子的小屋，
我要某樣更神聖的東西。
所以請給我珍貴的金屬，
（背景和聲增強）
每次都要是黃金！
所有人：金、金、金、金——沒有其他東西會這麼閃亮！
金、金、金、金——它反映出阿波羅的厲害。
（阿波羅切斷背景歌聲）
阿波羅（單獨哼唱）：銀適合我的姊妹，
但不好好照顧，它會失去光澤。
茅草屋頂沒問題，我猜，

但為何不增添一點光亮？
（背景和聲又輕柔地開始）
葡萄藤讓人不寒而慄，
鮑魚貝殼聞起來就像魚。
（背景和聲慢慢變響亮）
紅這種顏色太強烈，
灰又顯得太乏味。
（背景和聲愈來愈響亮）
這就是為何我孩子的小屋，
使用更神聖的東西來蓋。
我值得那貴重的金屬——
（背景和聲增強）
所以每次都要是**黃金**！
（歡呼和掌聲）
所有人：金，金，金，金……

記錄一下：我的小屋牆面雖然用了鮑魚貝殼，但聞起來沒有魚的味道。
——波西 P.J.

JUNE

天神小屋

文／間歇泉之神彼特

看看這些房子有多吸引路人！裡外都是高品味的裝潢，這些迷人的房子住起來很舒適，風格非常獨特——你甚至可以說，每棟房子都有自己的個性。當然，位置是關鍵，你找不到比這裡更好的地點了。從這二十一棟小屋要到混血營的所有便利設施，像是訓練及休閒設備，都是走路就能輕鬆到達。你沒看到獻給你天神父母的小屋？不用擔心！一旦你提出要求，很快就能蓋出一棟。此時，請在第十一號小屋中拉出床位，在這裡稍待片刻！

＊警告！天神小屋區現在是繁忙工地，請注意暴露在外的鐵釘、會爆炸的磚塊，以及可能會讓你直接掉進冥界的裂縫。

空間可能會是問題

文／安娜貝斯・雀斯

歷代以來，混血營只有十二間小屋——每棟獻給一位奧林帕斯主神。奇數小屋是獻給奧林帕斯男神，偶數則是獻給女神。只有第十二間小屋除外，荷絲提雅把她在奧林帕斯天神大會上的席位讓給戴歐尼修斯之後，戴歐尼修斯就接收了這間小屋，不過那是另一個故事了。

無論如何，在泰坦巨神戰爭之後，我好心的男友波西就讓奧林帕斯眾神承諾，所有混血人都會有自己的小屋，而不只是那十二位主神的孩子。

這就是波西，總是出於衝動和憐憫做了某件事，在過程中卻讓我的生活變得辛苦。你知道嗎？我是營區住宅設計師，換句話說，設計所有新小屋的任務就落到我頭上。

別誤會了，我百分之百支持波西的計畫。但蓋了第十三到十六棟小屋（分屬於黑帝斯、伊麗絲、希普諾斯、涅梅西絲）之後，小屋區開始看起來擁擠。我跟奇戎見面討論這個問題。

「空間，」我告訴他：「可能會是個問題。」

「有什麼想法嗎？」奇戎問。

我突發奇想：「我們往上蓋，把新的小屋組合成一棟高的綜合大樓。跟大地有關的混血人住低樓層，跟天空有關的住高樓層。」

奇戎搖搖頭。「很吸引人的點子。但經驗告訴我，來自不同家族的混血人無法好好住在一起。」

「好吧，那就算了。」我指向附近的森林。「那樹屋呢？封閉的平台、高架走道、階梯、繩子綁的鞦韆……」

奇戎打斷我的話。「木精靈不會喜歡的。萬一有混血人夢遊，想想看會發生什麼事？」

「洞穴呢？」

「只有一個，而且阿波羅已經提出來說要留給他的神諭。」

「船屋呢？」

「一樣有夢遊的問題，而且水精靈一定不同意。此外，我們練習古希臘戰船時也會需要用到湖。」

我四處張望尋找靈感。我的目光停在荷絲提雅身上，她正在公共區域的中央照顧她的爐灶。你以為奧林帕斯的女性主神會坐在混血營中央吸引很多人的注意，但荷絲提雅不管來去都沒有大肆張揚，通常都是以年輕女孩的形象出現，穿著平實的棕色長袍。我之前沒有注意到她，因為她的身形如此嬌小，行為如此低調。

嬌小和低調。

一個點子像宙斯砸下的雷電一樣打中我。

「我明天再來找你。」我告訴奇戎。

老半人馬輕聲笑著說：「我知道那個表情。你想到辦法了。」

「是。」我承認。事實上，我的腦袋正轉得飛快。「但在跟你分享之前，我想要釐清一些細節。我們明天吃早餐時再談。」

那天晚上，我一直工作到清晨，唯一的暫停是去上廁所。到了早上，我已經有了藍圖，但我還需要一些時間。

早餐時，我把消息透露給奇戎知道。「我想要在南邊森林設立建築工地。」

他皺起濃厚的眉毛。「你該不會想在那裡蓋小屋吧？就像我先前說的，木精靈不會……」

「我只是需要一個僻靜的工作區，」我說：「我不會在那個空間建造任何巨大或永久的東西，這件事相信我，好嗎？」

奇戎摸著頭。「好吧，你以前從來沒讓我失望過。而且你先前為主屋設計了適合半人馬尺寸的浴室，我欠你一次人情。很好，安娜貝斯，我同意你這樣做。」

接下來幾天，我忙著測量、鋸東西、釘東西，忙得不可開交。到了第七天，我根據自己的設計完成了實物大小的模型，並安裝在有輪子的平台上，以方便移動。我拿了一些甜甜圈賄賂我的飛馬朋友黑傑克和普派，他們同意把我的創作從森林拉到公共區域。

幾個學員漫步過來看看我建造了什麼。「超可愛，」阿芙蘿黛蒂小屋的蕾希以誇張的表情說：「但這是什麼？」

「移動式儲藏屋，」克蕾莎．拉瑞看著輪子做出猜測：「或者是有篷馬車。不，等一下，這是能快速安置好的戶外廁所。」

「都不是，」我有點生氣地回答：「我叫它小小屋。仔細看吧！」

我迅速打開門，邀請他們進去，不過一次只能幾個人。主要的客廳雖然小巧，但絕對適合居住。牆邊兩張有坐墊的長椅合併起來就能當床。我抬起坐墊，「看到沒？床下還有儲藏空間，可以放你的衣服、盔甲、武器。長度甚至可以讓你放帶電長槍，克蕾莎。」

「嗯，嗯。」

克蕾莎聽起來不怎麼激動，但這並沒有澆熄我的熱情。我指向後面牆上的窄樓梯。「樓上是附加兩張單人床的閣樓。它也可以用來當做遊戲間、會議室等。我加高了屋頂，所以頭部空間不是問題。在樓梯下方是更多的嵌入式儲藏空間。但最棒的地方在這裡。」

我擠過他們身旁，拉開角落的窄滑門。「請看！」

「那果然是戶外廁所嗎？」克蕾莎問。

「這是個人浴室。」我糾正她。「住在這裡的人再也不需要使用公共設施。」我對她露出神祕的微笑，我還記得波西炸掉混血營的廁所時，弄得她一身溼。「你們所有人應該都會很欣賞這個設計。」

克蕾莎脹紅了臉。「我有幽閉恐懼症。」她猛力撞開我，然後衝出門外。

我轉向蕾希。「你看到它的潛力了吧？小小屋是未來。這是非常先進的建築！」

她看著刷白的牆面、灰褐色的坐墊，以及沒有任何裝飾的窗戶。

「嗯，裡面有點……無聊。」

「這只是模型，」我辯稱：「住在裡面的人，可以隨自己的意思裝飾……」

敲門聲打斷了我。奇戎探頭進來，然後皺起了眉頭。「我想進去參觀，但，啊，我怕是沒有什麼空間了。」

「祝你好運。」蕾希輕聲對我說。然後她溜過奇戎身邊，加速離開。

我讓開路，好讓奇戎可以進來「踩」訪這個小小房間。雖然有點勉強，但房間夠大，可以容得下他。他走完整個房間只花了三步。

他再度出現時，看起來若有所思。

「這只是模型。」我告訴他。

「嗯？」他盯著我看，就好像正試著理解我說的話。然後他放鬆地呼了一口氣。「喔，模型。我懂了。這樣的話……好，這可能行得通。」

他好像在計算土地面積似地掃視小屋區域。「我們大概需要四間，你同意吧？請繼續施工。」

設計和建造一間小小屋很有趣，但建造四間？我樂翻天了。「我不會讓你失望的，奇戎！」

兩週後，我讓他失望了。

我一直加班修改我的原始設計。我把門口加寬，更方便出入。我從赫菲斯托斯小屋取得一些神奇漆料，只要輕碰一下就能改變每棟嶄新迷你建築的外觀顏色，讓每間小小屋都變得獨樹一格。我應用所有我知道的異次元建築相關知識，加大了浴室的淋浴空間，創造出深得不可思議的儲藏櫃，以及可以隨心所欲移動、收折，或是改變形狀的嵌入式家具；只要彈一下手指，你就能讓客廳變臥室、健身房、餐廳，或者是連克蕾莎也會感到驕傲的軍事指揮中心。我加上十二種預先設計好的室內裝潢方案，這樣蕾希就再也無法指控這個空間無聊了。當我終於推出嶄新的小屋，並驕傲地呈給奇戎時，我預料他會很滿意。但沒有，他看起來一臉狐疑。

「嗯……就這樣？」

我皺起眉頭。「你說要四間，對吧？」

「四間小屋，不是四個模型。」

我的情緒就像一串放了三十天的舞會氣球一樣，全部消了氣。

「喔，親愛的，」奇戎看到我的表情之後低聲說：「你先前讓我看的那個模型，那是完整尺寸的小屋，對吧？」

我點點頭。「那就是重點，不是嗎？節省空間？我……我以為更小的建築……」

他和善地把手放到我的肩上。「安娜貝斯，你的作品可以當範本了。這些物件是很迷人沒錯，但我擔心，嗯，那些次要的神（實在找不出更好的說法）的孩子不會喜歡他們的住處比其他小屋還來得小。」

我的概念有這麼明顯的瑕疵，我不敢相信自己沒想到。波西這個計畫的重點是要讓我們新招募的學員（以及他們的天神父母）在混血營裡有歸屬感、平等感，而不是矮人一截。他們不會認為我設計的小小屋是有趣的極簡主義居住空間。他們看到這些房子時只會認為，這些更有力的天神及他們的孩子又冷落他們了。我感到非常尷尬，我想要爬到岩石底下躲起來。

「我會叫哈雷吹垮這些小小屋，」我含糊地說：「他會喜歡這差事。」我轉身要離開，但奇戎攔下我。

「等一下，」他端詳這些物件，「它們有輪子。」

「是，我的意思是，它們不必有輪子，但我想……」

「或許我太快下結論了，」奇戎說：「讓我試試其他辦法。」

他把肩膀靠到最近的一間小小屋上，然後推著讓它與隔壁間對齊。奇戎有種馬一般的力氣，要推動這些小房子輕而易舉。他又繼續推了幾下，把四個物件安排成背對背，兩邊各有兩間的形式。四個斜屋頂組合成一個大的人字形屋頂。總而言之，這些小小屋看起來就像在設計上要組合成單一建築，而且大小跟以前的小屋差不多。

「你知道，」奇戎說：「我想這對於剛來的那對混血人可能行得通。」他朝公共區域的另一端大喊：「荷莉！蘿瑞兒！」

長得一模一樣的雙胞胎女生一直在荷米斯小屋的階梯上吵架，現在衝了過來，兩人都想把對方擠到旁邊好搶先抵達。

「怎麼啦？」左邊的女生問。

「比賽？」右邊的女生熱切地問：「世界大戰？」

「更刺激的事情，」奇戎很有把握地說：「安娜貝斯，這兩位是蘿瑞兒與荷莉．維克多，最近剛確認是勝利女神妮琪的女兒。蘿瑞兒與荷莉，這位是安娜貝斯．雀斯，混血營裡最有天分的建築師。她重新設計了奧林帕斯山的宮殿！」

雙胞胎驚訝地睜大雙眼。我對於奇戎捧我有點自覺。事實上，我是混血營裡唯一的建築師，但重新設計奧林帕斯山這件事，倒是千真萬確。那是我申請大學入學作品集的重點。

「你們眼前所看到的，」奇戎繼續說：「是安娜貝斯最新的得意之作：完全客製化與模組化的小屋。」

蘿瑞兒慢慢走向最近的小小屋。她看了內部一眼。「好小。」

「其實並不會！」奇戎說：「這樣反而有私人空間。每個模組最多可以容納四個人。你們現在在荷米斯小屋必須跟多少人一起生活？」

「感覺像一百個人，」荷莉抱怨著，「而且全都是輸家。」

我不覺得荷米斯的孩子會欣賞這點，但我了解奇戎想要做什麼。我插嘴：「這些模組是全新的，浴室更是先進。」

蘿瑞兒的眼神發亮。「小屋裡有浴室？」

「是的，」我說：「家具都可以調整。室外顏色、室內設計全都可以隨意改變。」我碰了一下最靠近的一間小屋，使它從枯燥的紅色變成閃亮的銀色。

「哇。」荷莉說。

「但我們不能隨便把這些嶄新的小屋交給任何人，」我說：「不管誰住進去，混血營裡的其他人一定會嫉妒得半死。我們必須找到最棒的學員……」

「我們，」荷莉說：「顯而易見。」

「我，」蘿瑞兒糾正姊妹：「還有遙遙落居第二的你。」

「所以誰想先認領床位？」

「我！」姊妹同時大喊。她們衝向同一個大門，想把對方擠出去的同時一邊大吼。然後她們分開，走進不同的入口。

呼喊聲從小屋裡傳出來。

「我會比你先到閣樓！」其中一人大叫。

「哈！不可能，輸家！我樓梯已經爬到一半了！」

奇戎轉向我，露出笑容。「成功了。可以隨意重組與移動的模組物件！每一組房子都可以隨我們的需要變大或變小。跟一般小屋同樣的空間裡可以塞進更多的學員，但他們能擁有更多隱私，也會有更好的居住品質。安娜貝斯．雀斯，你是個天才！」

維克多姊妹正在爭執哪個模組最酷時，我聽到她們發出重重的腳步聲和勝利的呼喊。

「謝謝，」我告訴奇戎：「非凡的天分正是我所追求的。」

我的小小屋混搭讓小屋的數量增加到十七間。之後又增加了三間：希碧、泰姬、黑卡蒂，而建築組員還打算蓋更多。將來某一天，空間可能還會是個問題，這要看最後我們需要代表多少天神而定。但你知道嗎？沒有一個人抱怨我的小小屋太小。事實上，我在大學畢業之後，可能會從事為混血人設計可攜式微型房屋的行業。至少，這會比建造快速反應戶外廁所要好得多。

主屋

文／間歇泉之神彼特

這棟天藍色維多利亞式四層樓房是貨真價實的珍稀品。廣闊的環繞式走廊為皮納克爾玩家和康復期病人提供足夠空間。地下室現在用來儲存草莓果醬，偶爾也可以藏匿被迷宮逼瘋的混血人。一樓宿舍、混血營醫務室、康樂室和會議室兩用空間，都可以通行輪椅，就跟特別設計的青銅色內裝辦公室一樣。上面樓層房間歡迎過夜客人入住，閣樓已經清掉原本的木乃伊乾，不管是學員要丟的東西或紀念品都可以放這裡。

謝謝您的鉗子，老爹

文／柯納・史托爾

大家認為我是賊、扒手，會偷偷摸摸地撬開鎖。當然他們說得沒錯，但是拜託，要不然我等待下一次的尋找任務時該做什麼？

當我的兄弟崔維斯還在這裡時（他現在去念大學了），我們探索了混血營的每個角落，除了一個地方：主屋閣樓。皮膚皺巴巴的老嬉皮神諭還在角落裡撐著時，我們誰也別想踏進那裡。

但後來陰森嬉皮放棄了神諭之靈，在主屋的門廊化為粉塵。我們看到機會就要把握住。當每個人都在等著看新的神諭瑞秋是否能撐過神諭之靈入侵（劇透：她成功了），我們起身繞到主屋的後門。

門鎖起來了。（哈！）一根工具，三聲喀嗒，門就這樣開了！我們進到裡面。多虧先前的偵察任務，我們知道如何爬上閣樓。我們拉下樓梯，把頭伸進活板門，然後進到竊賊的天堂。

我們忽略垃圾，比方說那張木乃伊一直坐著的舊三腳凳。但其他東西似乎都在大喊：「選我！選我！」好像非常渴望逃離這個滿是灰塵的閣樓監獄，例如遠方角落人體模型上閃閃發亮的王冠、掛在牆上劍柄尾端鑲著綠寶石的劍，還有那件美呆了的貓王風水鑽斗篷，不曉得為何就這樣掛在灰熊標本的肩膀上。

崔維斯和我打算慢慢花時間仔細搜尋。但這時，不知道是什麼原因，一道金色光線往上射過活板門，吞噬了神諭的舊三腳凳。光線一下就消失了，簡直來無影去無蹤，但凳子也失蹤了。我不知道剛剛發生了什麼事。或許是阿波羅用魔法把凳子傳給新主人；或許有人剛好朝我們這個方向亂射分解光線。嘿，你永遠不知道那些赫菲斯托斯的孩子會做什麼。無論如何，這有點嚇到我們了。我們決定不再逗留，怕萬一奇怪的光線再度出現，一照之下讓我們也消失。我們抓了離自己最近的東西（我拿了帆布袋，崔維斯拿了小木箱），然後飛快離開閣樓——你可以說比荷米斯快遞還要快。

回到小屋之後，我們把其他混血人趕出去，叫他們去森林裡或其他地方玩（當共同首席指導員的確有其特權），然後我們坐下來檢查戰利品。

崔維斯打開盒蓋。他的眼睛睜得好大。「哇，是神祕風袋。」

我的心跳開始加速。「就像那次老爸給波西的保溫瓶？我一直想要那樣的東西。讓我看看！」

他非常緩慢又戲劇化地拿出一個平坦的粉紅色塑膠密封袋，一端有細細的吹嘴。「看好囉！」

我朝他的手臂打下去。「那只是惡作劇用的放屁坐墊，你這個白痴。」

他爆笑。「是，但我有那麼一下子唬住你了。好，換你了。」

我在袋子裡翻找，然後拿出……一對烤肉鉗。

崔維斯竊笑。「你要拿它們來做什麼？你連烤吐司都會燒焦了。不過至少那東西是神界青銅做的吧？」

「不知道。但這裡有一段說明：『專供從火裡挑出塔耳塔洛斯餐巾』。」我翻過來唸出另一段。「『一次用完。』」我看著崔維斯。「看在天神的份上，這到底是什麼意思？」

「這個嘛，柯納，」我的兄弟說：「我相信它的意思是，你只能使用它們一次。」

「閉嘴。」我幾乎要把剛拿到的鉗子丟向他，但想想還是算了。不知道為什麼，「塔耳塔洛斯餐巾」那幾個字讓我感到不安。我決定把這對鉗子一直帶在身邊，至少等到我一次用完它們。

幸好我這樣做了，因為稍後的那年夏天，一張來自塔耳塔洛斯的餐巾真的出現在餐廳的火裡。說來話長，但如果我們沒有那些鉗子的話……嗯，我不確定我現在還能不能在這裡寫這篇文章。

至於崔維斯，他對放屁坐墊愛不釋手，甚至抱著它睡覺。至少，他可以宣稱那些我聽到的聲音是來自放屁坐墊。我突然覺得他的大學室友有點可憐。

餐廳涼亭

文／間歇泉之神彼特

擁有希臘風格的大理石柱，上方則有毫無遮蔽的天空景色，這棟引人入勝的海濱設施強烈散發著古典氣質。

每張特大號的桌子可以輕鬆容納最多十二名學員，全都保留給特定小屋。白色的桌巾以紫色鑲邊，增添與眾不同的氣息。菜單裡有你想像得到的美味菜色，每道佳餚都是由森林裡的可愛木精靈上菜與收拾。不過在你用餐之前，別忘了為天神獻上祭品！

喔，不用管大理石地板上的裂痕，那是從冥界意外召喚而來的殭屍所造成的小事故，一點也不用擔心！

餐廳涼亭布告欄

提醒：

黑卡蒂小屋首席指導員露．艾倫．布萊克史東與荷米斯小屋首席指導員崔維斯和柯納．史托爾將在今天早上執行小屋內務檢查。各位資深學員，請協助新來的室友。一如往常，最乾淨的小屋可以獲得優先洗澡的特權，而最髒的小屋必須清理飛馬廄。

以上。

最新消息：

我注意到在今天小屋內務檢查的過程中，有好幾樣個人物品不見了。史托爾兄弟，請立刻到主屋報到。

以上。

最新消息：

你們或許還記得在今天的小屋內務檢查時，有好幾樣個人物品似乎消失了。我說「似乎」是因為事實上，露·艾倫操縱迷霧把這些物品藏起來了。如果想知道你的物品會如何慢慢再度出現，請找她了解進一步的細節。

荷米斯小屋，請容我致歉。

黑卡蒂小屋，請到飛馬廄報告。黑傑克和普派正在等著。

以上。

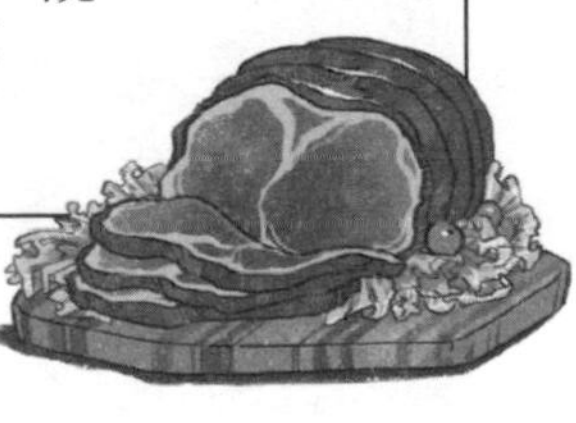

混血營商店

文／間歇泉之神彼特

悲劇！你終於活著來到混血營，卻發現忘記帶牙刷！你可以用伊麗絲傳訊給凡人父母，請他們送新的來。但你真的要在新牙刷抵達之前，帶著古蛇龍般的口氣走來走去？你有別的選擇，來逛混血營商店吧！

進到店裡記得看看一系列最新推出的風鈴，共有神界青銅、銀及貝殼等材質，非常適合用來詮釋預言樹的聲音！

如果在樹枝上掛閃亮的東西不是你的風格，那麼新的神話魔法遊戲卡擴充包呢？雙神對決？這些卡片有立體全像，能讓天神的樣子從希臘時代變成羅馬再變回來！這個正面對決的遊戲能讓你手忙腳亂好幾個小時！

從T恤到托特包，不管要什麼，混血營商店都能滿足你。

圓形露天劇場

文／間歇泉之神彼特

這是離天神小屋、主屋及混血之丘僅有數尺之遙的聚會地點，有逐排升高的石凳座椅圍繞著中央舞台。這些石凳和凡人電影院座椅一樣舒適，而且在屋內觀賞演出全無死角。所以請坐下，沐浴在營火的光芒中，一起縱聲合唱受歡迎的暢銷名曲，如〈祖母是蛇髮女怪〉及〈這不是野營歡唱，這是斯巴達！〉。

盤點

文／瓦倫提娜・迪亞茲

天哪，當我看到阿波羅的迎新影片，我差點往生。那些可愛的男孩穿著超級短的泳褲……這種福利，多多益善啊！

身為阿芙蘿黛蒂的女兒，我一直在尋找「老東西新品味」的新鮮流行點子。看到那些一九五〇年代的復古風格，讓我想到幾天前在混血營商店的後頭看到一個鎖起來的箱子，上面標明「古董衣物」。我一直想看看那箱子裡面有什麼東西，但柯納一定不會讓我到櫃台後面亂翻東西。他真是太令人討厭了。他不了解瀏覽的概念，真的完全不懂。

受到影片的啟發，我決定親自出馬（雖然我才剛剛修好指甲）。我想或許我能夠在那個大皮箱裡找到一些新系列服裝的靈感，所以我就行動了！

進到店裡之後，我敲開大皮箱的鎖（柯納不在這裡）。我怕會找到發霉的復古T恤、高到膝蓋的無腳跟圓筒襪（抖！）、窄領帶，或其他可追溯到上世紀的東西。但是，我找到的衣服比這些古老、古老太多了；我的意思是，大概有幾千年那麼久以前。這能讓你知道雪松內襯和燻香袋多麼能維持衣物嶄新，我說得沒錯吧？

關於那些古董衣物，首先讓我感到訝異的是顏色。紅、黃、綠、藍、靛，就好像彩虹女神伊麗絲吐在上面……你知道的，我是說，以美好的方式。我很驚訝，因為我一直想像古希臘人都穿白色衣服。我的意思是，大理石雕像上的衣服看起來就那樣，不是嗎？這時我想起奇戎有次告訴過我：雕像以前都上了漆，現在它們是白色的，只是因為褪色了。看著大皮箱裡的衣服，我了解到古希臘人真的會穿各種顏色的衣服。這讓我以祖先為榮。

我立刻就認出這些衣服的風格。最上面的是長袍——這種像短袖束腰外衣的東西，如果是洋裝的長度，就是給女士穿的；如果長度到大腿，就是給男士穿的，至於（嘻嘻）超級短的款式則是給男性運動員穿的。下面是一些大長袍或斗篷，以及一些女式長外衣。女式長外衣是一大片長方形的布，可以變換成各種樣式——有點像是那些可愛的海灘罩衫可以變化成肩部包紮布、吊帶洋裝，以及纏腰裙。（對了，這很適合有預算限制的買家。）這裡有好多衣服，我怕我會錯失什麼，所以抓了一堆衣架，然後把這些厲害的傢伙掛起來。

「喔，好耶，」我讓手劃過這些亞麻布和羊毛織品，「穿衣服的時刻到了。」

接下來一小時，我試穿了每件衣服（除了胸帶，它實在太像露肩平口上衣。依我所見，女孩子都不應該穿露肩平口上衣）。我從店裡許多儲物櫃借了古代希臘風格的珠寶與鞋子，搭配出一整套服飾。當我正在用辮子把頭髮整個盤起來，我看到大皮箱的底部還有最後一樣東西——一個我很確定先前看的時候不在那裡的東西。

「神聖的阿芙蘿黛蒂腰帶！」我一邊大喊，一邊拿出……阿芙蘿黛蒂腰帶。

我的手在顫抖。我非常了解這個衣服配件，雖然以前從沒親眼看過。阿芙蘿黛蒂在戴它的時候可以說是**超級**小心。這是赫菲斯托斯為媽媽打造的（當他們還好言相向的時候），這個腰帶更像是流行配件，是由金絲（二十K，如果我沒記錯的話）精細縫製的寬帶，而且注入了魔法。照理來說，任何人看到媽媽戴這個腰帶，都會激發出一股對她的極度熱情。我的意思不是說她在這部份需要任何協助，而是任何看到她的人就會有這股狂熱。

當我拿著這條魔法腰帶，我不禁去想它的魔力是否對我有效？我想過要帶著它到營區裡繞一圈試試看。我會以雍容的姿態走過某個巴西男孩的小屋，然後停下來等到他變得非常……

受到誘惑，我想。但，不了。

我把腰帶丟回大皮箱。為什麼？因為我聽過赫菲斯托斯會詛咒他製作的東西。腰帶或許沒受到詛咒，但我不想冒險，怕會引發某種睡眠咒語。此外，任何天神使用過的魔法物品，對混血人來說可能都強大到難以應付。

就我所知，這個腰帶現在還在大皮箱裡。我把店關起來時，讓每樣東西都保持原來的樣子。但這讓我不禁懷疑……媽媽的腰帶為何會出現在那裡？以後是不是會有什麼緊急情況，讓我需要用到它？

不過在當下，我必須靠自己的魅力讓人們愛上我。幸運的是，我像我媽媽，我非常擅長激起狂暴的熱情……

魔法地標

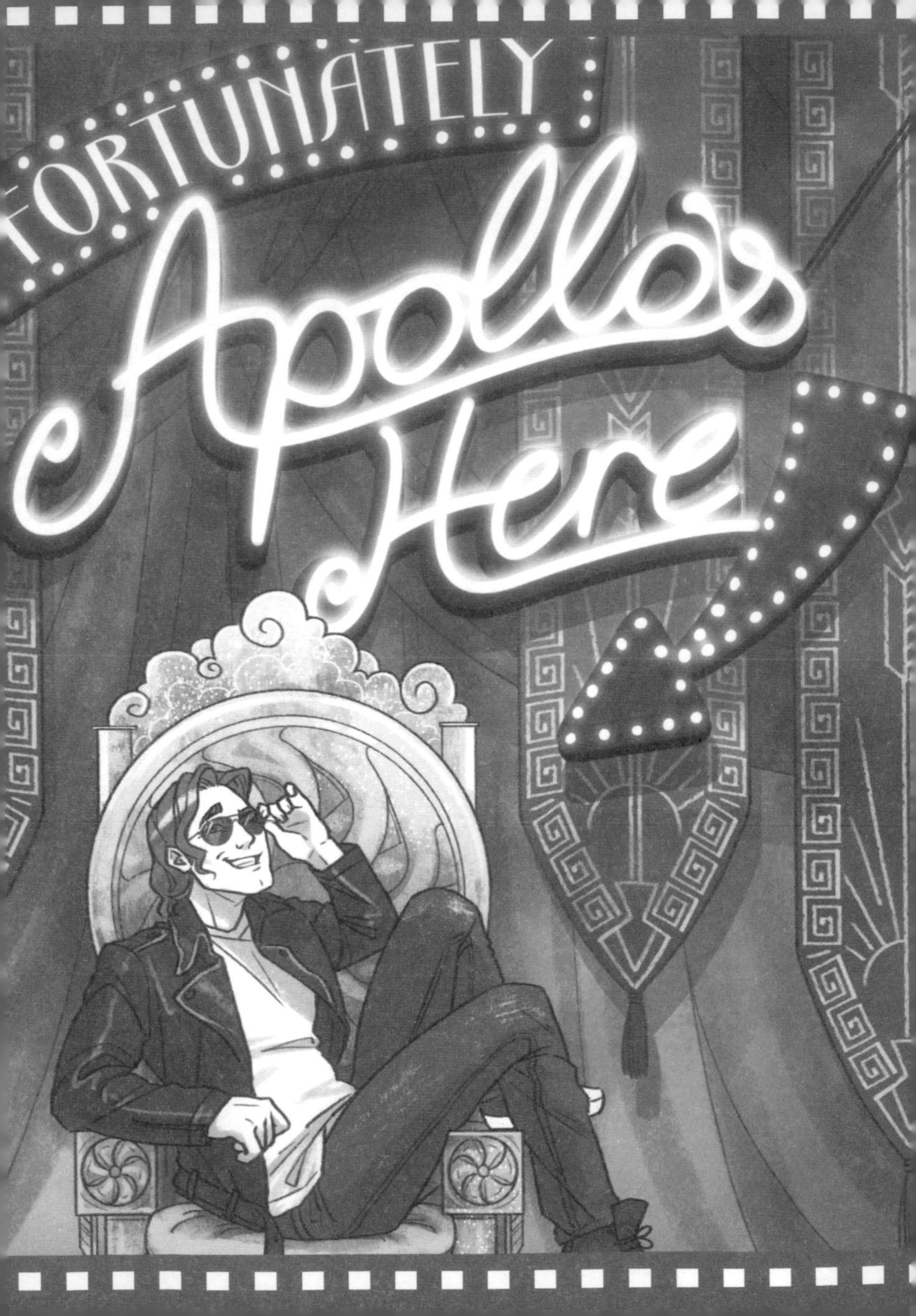
FORTUNATELY
Apollo's
Here

場景：房間裡裝飾著華麗壁毯、蠟燭，以及紫、紅、金色地毯。中間的講台上有一個金色王座。阿波羅穿著牛仔褲、亮白T恤、皮夾克，戴著太陽眼鏡，慵懶地躺在王座上。牆上有霓虹燈招牌，寫著：「FORTUNATELY Apollo's Here!（真幸運，阿波羅在這裡！）」

阿波羅：下一位！

（一名女學員進場）

女孩：喔，偉大的阿波羅，預言之神，請告訴我，我能找到愛情嗎？

阿波羅：找到愛情？（朝攝影機做表情）我不知道愛情不見了！

（鼓聲加上罐頭笑聲）

阿波羅：下一位！

（一名男學員進場）

男孩：喔，偉大的阿波羅，預言之神，請告訴我，我會變有錢嗎？

阿波羅：孩子，你叫什麼名字？

男孩：阿伯特，偉大的阿波羅。

阿波羅：這個嘛，阿伯特偉大的阿波羅，我預見你只有一種方法可以變有錢……

男孩：那是什麼？

阿波羅：（朝攝影機做表情）把你的名字改成理查。

（鼓聲加上罐頭笑聲）

阿波羅：下一位！

（另一名男學員進場）

二號男孩：喔，偉大的阿波羅，預言之神，我會發現我的天神父母是誰嗎？

阿波羅：親愛的孩子，答案就在你眼前。

二號男孩（環顧四周）：真的嗎？在哪裡？

阿波羅：（站起來並張開雙臂）就在你眼前。

二號男孩：我不懂，我是不是哪裡沒開竅？

阿波羅：你的確沒開竅。（朝攝影機做表情）甚至可以說你是一**竅不通**！

（鼓聲加上罐頭笑聲，再加上預錄的掌聲）

——以上摘自喜劇小品《真幸運，阿波羅在這裡！》，阿波羅編劇、主演。

喜劇？沒開玩笑？
老天，我很慶幸自己不用
經歷1950年代的電視……
——波西P.J.

多多納樹林

文／間歇泉之神彼特

噓——你有風鈴嗎？喜歡五行打油詩嗎？想要知道未來嗎？

那就趕快穿過澤佛羅斯溪和宙斯之拳，來到這保有最古老神諭的森林。

快來，並沒有很遠……只要跟著低語走……

神諭洞穴

文／間歇泉之神彼特

呦，混血人！正在找消磨時光的全新地點嗎？聽說混血之丘上的神諭小店很厲害。裝潢全面採用紫色帷幕和寬大沙發——還有小枕頭增添新鮮色彩，呦！記得參觀壁畫、塗鴉文字，以及其他時髦的藝術作品，都是由獨一無二的德爾菲神諭，瑞秋·伊莉莎白·戴爾所創作。你知道他們怎麼說嗎？如果火炬正在燃燒，預言就會出現！

PPSS 案例

文／瑞秋・伊莉莎白・戴爾

我嚇到你了嗎？希望沒有。多數新學員都認為我超級陰森可怕，因為我有時會住在洞穴裡，做一些關於世界末日的恐怖惡夢，吐出謎樣的預言，這裡面充滿令人振奮的字眼，例如「死亡」。我實在不明白，為什麼有人會覺得這些事情令人不安。

我在接收德爾菲的神諭之靈之後，不到一分鐘就發表了我的第一個預言。（如果你想知道這些詞語所引發的事件，只要問問任何一位經歷過的學員。如果你想要問問在這過程中死掉的學員，尼克・帝亞傑羅或許可以安排你們會面。）我認為我早就為這種經驗做好準備了。我的意思是，我大半輩子都在接收靈異景象，看到奇怪的事物，所以和古代神諭之靈有心智上的融合，兩者間有多大差別呢？

答案是：差別很大。幸運的是，天神阿波羅在現場，他幫助我回到主屋。

「你正經歷ＰＰＳＳ。」他帶我走上樓梯，躺到空的病床上時，他這樣說。

「ＰＰＳＳ？那是什麼？」我在吐到旁邊的垃圾桶之前急忙問他。

「預言後壓力症候群（Post-prophetic stress syndrome）。躺著別動，它會過去的。」

「你確定嗎？」

他做個鬼臉。「哈囉，我是預言之神，記得嗎？」

「關於這點，」我說：「你為什麼需要神諭？你為什麼不自己發表預言就好？」

他看向天空，然後以俳句回答我：

我，自由神靈，
飄在陽光與歌曲。
辦公時間真無聊。

我想過要問他「辦公時間」會不會太多字？但想想還是算了，我猜他知道，畢竟他是預言之神嘛。

然後我脫口而出提了另一個問題。

「為什麼神諭不能有男朋友？」

我不確定為何會這樣問。我並沒有感興趣的對象（嗯，至少是已經沒有了）。我猜我只是好奇。

他沒有立刻回答。相反地，他從附近的月桂樹枝上摘下一片葉子，用拇指和手指捏碎。空氣中充滿月桂葉的刺鼻氣味。

「愛會遮蔽心智，」最後他說：「看不清楚的神諭，無用武之地。」

他的聲音有點悲傷，我記得他曾瘋狂愛上某位名叫達芙妮的精靈，後來達芙妮為了躲避他的熱情關注而變成月桂樹。我猜他知道什麼叫遮蔽的心智。

我改變話題。「為什麼預言一定要這麼令人困惑？我的意思是，為什麼我不能直接說會發生什麼事？」

他嘆了一口氣，好像他已經回答同樣的問題一百萬次了（既然他是不死之身，搞不好真的有）。「那就會變得跟拼圖只有兩片一樣無趣。謎團、陰謀、危險暗示、不尋常的韻腳……這些都會讓預言令人難忘。舉例來說，像是這個預言……」

皮納克爾與桌球，神食與神飲，
有神諭的閣樓，脫離肉體的豹，
坐輪椅的半人馬，喝酒的花花公子，上菜時間，
混血營的膳將歡迎半神半人子女。

徹底坦白：我必須查「臍」這個字。這個字泛指某樣東西的中心點，而不只是你的肚臍，不過我想你還是可以這樣用，好讓你的朋友印象深刻：「等我長大一點，我可能會去穿臍洞。」或者是嘲笑你的敵人：「你真的不知道你的臍在哪裡？哈哈！」

但晚點再來研究「臍」。

此刻，阿波羅正滿懷期待地看著我。

「是的，」我說：「預言描述了奇戎、戴歐尼修斯，以及主屋，這很明顯。」

「當然，對你來說很明顯。」阿波羅同意。「但如果我告訴你，這個珍貴的小小預言早在一千多年前就出現了呢？」

我突然看到當時的人聽到「皮納克爾、桌球和花花公子」的樣子。老天才曉得他們以為這些詞代表什麼意思。食物？武器？服裝？他們根本毫無頭緒。奇戎又會對坐輪椅的半人馬這件事怎麼想？

真相就像一塊又冷又溼的布蓋住我的臉。除非他們是不死之身，不然聽到預言的人會在不了解其意義的情況下死去。他們可能會發瘋，甚至因為想解開預言的意義而出去尋找，結果陣亡了。

這個想法讓我非常悲傷，讓我對將來某天會發出的預言感到異常焦慮。「阿波羅，」我低聲說：「我說的話會讓人進行毫無希望的尋找任務嗎？」

「喔，瑞秋，」阿波羅安撫地拍拍我的手，「會。」

「喔，那真是太好了。」我不想要聽起來很苦澀，但說實話，對於神諭這整件事，我開始想要好好重新考慮。

這時阿波羅站了起來。「你需要睡眠，」他說：「但在我走之前，我有東西要給你。」他指著天花板。一道金色光線從他的指尖發出。片刻之後，一件以金箔紙簡陋包裝的禮物砰的一聲掉在我旁邊。（之後我發現，這道光線差點讓史托爾兄弟嚇出心臟病來。）「打開它。」

裡面是一張看起來很不牢靠的三腳凳。「嗯……謝啦？」我說。

「這是原版的，」他告訴我：「來自德爾菲。嗯，最近的話，它都放在主屋閣樓裡，但是因為放在你前輩的臀部下面實在太久了，所以狀況不佳。」

我突然開竅。「這是德爾菲的那把三腳凳。幾千年前第一個神諭坐的那把凳子。你要把它送給我？」

「我可以讓你試著去偷它，我想，」阿波羅抓著頭說：「但海克力士嘗試過，結果不太順利。他因為犯下的罪被罰一年的女性工作。」

我抬起一邊的眉毛。「你說什麼？女性工作？」

阿波羅輕蔑地揮揮手。「家事、雜事之類的。重點是，對於海克力士這樣的吹牛專家，洗盤子和擦地板對於他的自尊心來說真的是迎頭痛擊。」他鍾愛地拍拍那張凳子。「很多有力女性的屁股都曾經放在這上面過。」

「我很榮幸能把我的臀部加到名單上。」當話從我口裡冒出來，我了解到自己是認真的。無論好壞，我是新的德爾菲神諭。我慶祝這個值得紀念場合的方式是又吐了一次。

最近我的洞穴有點風平浪靜（除非你把我最近的消滅壁畫、拍打沙發，以及耍脾氣撕帷幕也算進去，不過我誠摯希望你不會）。不知道什麼原因，預言的引導光線消失了，連阿波羅也無法重新點燃。

但是不用擔心。我預測等到你們準備好要進行尋找任務時，我會再度吐出綠煙和令人困惑的字眼。不會等太久的，我有預感……

魔法屏障

文／間歇泉之神彼特

你已經厭倦和有體味、雪茄味和大蒜味的凡人住在一起嗎？那麼請跨過屏障，把那些臭味拋諸身後吧！

由最強大的迷霧提供奧援，保證連最有決心的怪獸*和最愛打探的凡人都能排除。這道看不見的屏障圍繞著混血營，是魔法所能召喚最好的混血人保護機制。不僅如此！它還有額外好處，在混血營的屏障裡，你整年都能沐浴在愉快的春日天氣裡。

如果你已經準備好要跟惡臭、融雪，以及必然會出現的死亡說再見，現在就穿過屏障吧！

*會有一些限制。碰到入侵的軍隊、巨人、充滿敵意的會動雕像，結果可能不一樣。

泰麗雅松樹與金羊毛

文／間歇泉之神彼特

由宙斯親自創造，用以具體化他死去女兒泰麗雅．葛瑞斯的生命精華。這棵傳說中著名的樹，標示著混血營最東的邊界。松樹茂盛地成長了五年，以它的魔法強化混血營的屏障。然後，克羅諾斯的邪惡爪牙路克．凱司特倫，以匹松的蛇毒毒害它。這棵勇敢的樹掙扎地活了下來，直到金羊毛（從飛天公羊身上剪下羊毛所製成的古老魔毯）恢復它的生機。金羊毛的治癒能力甚至讓泰麗雅從松樹的禁錮中解脫——擺脫樹液了！今天，混血營的保護屏障是由金羊毛和雅典娜．帕德嫩提供能量，但松樹還在，持續頌揚著泰麗雅．葛瑞斯的勇敢。而且，它聞起來的味道也很棒。

＊靠近的話風險自負。守衛龍皮琉斯只是看起來像在睡覺。

營外觀點論壇

——透過視訊會議與莎莉．傑克森和菲德克．雀斯對談

文／泰麗雅．葛瑞斯與里歐．華德茲

泰麗雅：里歐，你讓這個愚蠢的錄音裝置運作沒？什麼？我聽不到你的聲音！什麼？老天，人們好奇我為何加入阿蒂蜜……喔。嗨，大家好，顯然我把里歐的聲音關掉了。

里歐：你會訝異人們有多常這樣對我。

泰麗雅：我會嗎？所以，我們要跟波西的母親莎莉．傑克森，以及安娜貝斯的父親菲德克．雀斯對談，透過四向視訊會議的方式，而里歐**發誓**這一定不會有問題的。

里歐：我有發誓嗎？不是以冥河的名義吧，這我比你清楚。

莎莉：嗨，親愛的泰麗雅。你今天看起來特別龐克。而里歐……

里歐：跟往常一樣火熱，我說對了嗎？

莎莉：嗯，的確是冒煙了。你的T恤裡有東西在悶燒。

里歐：糟糕。讓我先滅火。好了。

泰麗雅：總之……我們今天是想了解凡人父母對混血營有何想法。傑克森女士、雀斯博士，你們從來沒踏進混血營，對吧？

莎莉：沒錯。即使我比多數凡人更能看透迷霧，我也沒辦法穿過魔法屏障。我想如果有人直接給我通行證，我或許可以，但即使那時候，我也不確定要不要進去。我去過最靠近混血營的地方是混血之丘的山頂，而且說實話，我沒有很想要再度嘗試。

里歐：對，皮琉斯那頭龍可能會吃掉你。或者雅典娜．帕德嫩可能會用她的眼睛雷射光射你。等等……那個雕像有雷射光眼嗎？還是那只是我一廂情願的想法？我並不是希望你遭到射擊，傑克森女士。

莎莉：謝謝你，親愛的，知道這點讓人安心多了。

泰麗雅：那你呢，雀斯博士？

菲德克（放下他正在玩的飛機模型）：嗯？喔，對。混血營。沒有，從來沒去過，雖然從歷史的觀點來研究一定很迷人。根據安娜貝斯告訴我的資料，唯一一位不請自來卻能毫髮無傷穿過去的凡人是瑞秋・戴爾。

泰麗雅：我聽說曾有一位送披薩的人……但那可能只是混血營的傳說。傑克森女士，你或許記得我還在那裡（以松樹的樣子）時，波西第一次通過。不過我不記得了，因為……我當時是棵樹嘛。

莎莉：我對細節的印象已經有點模糊了。

菲德克：跟彌諾陶有關？

莎莉：重點就是彌諾陶。

泰麗雅：我沒辦法說自己第一次來到邊界的經驗有比較好。前一分鐘剛擊退怪物，然後……「滋——！」竟然冒出樹液來。

菲德克：我的天呀，泰麗雅，我剛剛才想到……你那天拯救了安娜貝斯的生命，我從來沒有好好謝謝你。

泰麗雅：那是老早的事了，雀斯博士，別放在心上。

菲德克：或許我可以給你這架我剛剛完成的愛蜜莉亞．埃爾哈特在一九二一年的金納．艾爾斯特雙翼機。這是很漂亮的複製品！

泰麗雅：真的不用。但是請兩位告訴我，現在混血人的世界已經趨於穩定，你們難道不想親眼看看混血營嗎？

莎莉：這個嘛……是，當然，如果沒有彌諾陶，或者亂射雷射光的障礙物的話。事實上，波西在那裡度過第一個夏天之後，我的確問過奇戎能否開放混血營一天供家屬探親。這當然是指凡人家屬。

里歐：我猜奇戎的答案是不行。

莎莉：同意。

里歐：等等……他說同意？

莎莉：不，他說不行。

里歐：我搞混了。

泰麗雅：不令人意外。

莎莉：奇戎告訴我，他曾經辦過訪客日，大概一百年前。但事情進行得並不順利。

泰麗雅：發生了什麼事？

莎莉：不知怎的，一個幻影幽靈、一頭人面蠍尾獅，以及一隻不高興的派對小馬發現了這件事。幻影幽靈纏住一位學員同父異母（還是同母異父）的姊妹，半人馬（就是剛說的那位派對小馬）弄到了隱形帽，而人面蠍尾獅則偽裝成家庭寵物犬。他們滲透進了混血營。

泰麗雅：這計畫還不錯，不過我自己是偏好直接攻擊。

莎莉：它原本可能成功，只不過半人馬的腦袋並不靈光，他忍不住想在射箭大會上炫耀。射了三箭都正中紅心之後，有人注意到有一把弓正浮在半空中。

泰麗雅：那人面蠍尾獅和幻影幽靈呢？

莎莉：他們抓到刺穿排球的人面蠍尾獅。牠用尾刺打排球，結果並沒有讓球過網。

泰麗雅：一百年前就有排球了？

菲德克：是，沒錯！排球原本稱為mintonette，在一八九五年由威廉．G．摩根發明……抱歉，一日教授，終身教授。

莎莉：幻影幽靈造成了最大的破壞。它朝攀岩牆猛力投擲了一罐希臘火藥，之後幾小時，火焰不斷從上面滴下來。順帶一提，奇戎就是因此才想到要在那面牆加上熔岩做為永久特色。

泰麗雅：這個奇戎啊，總是能找到方法讓玩命挑戰變成更糟糕的玩命挑戰。所以那些入侵者後來怎麼了？

里歐：非斯都！

菲德克：你剛在打噴嚏嗎？

莎莉：我想他是在說他的銅龍非斯都。

里歐：就是他！你們知道原本製造他的目的是要巡邏邊界吧？我聽說，他當時有殺手級的身體。不誇張，他的身體外面布滿了尖刺，所以可以用身體來殺人。老天，我確信一定是他舉起人面蠍尾獅，把牠重重摔回塔耳塔洛斯！

莎莉：奇戎的確提過什麼身體重摔之類的。至於幻影幽靈，當時是找了阿芙蘿黛蒂的孩子，集合他們的力量，藉由魅語讓幽靈離開那名女孩子。

里歐：半人馬呢？

莎莉：奇戎後來搞清楚他的半人馬同伴憤怒的原因，跟他上次在混血營沒有拿到公平等分的沙士有關。奇戎有著好心腸，警告他之後就讓他回到了自己的族群。但從此之後，混血營就再也沒有舉辦過訪客日。

泰麗雅：我想我知道原因。現在我仔細想想，對某些沒有家人的學員來說，探親日或許會讓他們感到沮喪。我的意思是……誰會來探視我？或者里歐？

里歐：講你自己就好，樹女孩。我或許沒有太多家人，但所有女士都會像飛蛾撲火一樣來到我身邊。喔耶！

泰麗雅：喔，**嗯**。

菲德克：好了，好了。我們會來探視你們兩人！呃，意思是，如果你們**真的**有訪客日，而且我記得把日期標示在日曆上的話……

莎莉：（乾咳）我想重要的是，我知道波西和你們有個安全的地方可以待。我沒有迫切想要親眼看看混血營。我知道我的兒子在那裡，他跟一些會在背後支持他的朋友在一起，這就很讓我感到安慰了。

里歐：不只在背後支持，還有前面、旁邊、上面。不過，下面我就不敢說了。

莎莉：無論如何，有件事我想要列入正式記錄。我想所有凡人父母都會同意這件事。

泰麗雅：當然，請說，傑克森女士。

莎莉：混血人，我們愛你們。

菲德克：同意。

莎莉：但如果你們以後沒有常常透過伊麗絲傳訊息給我們，我們會叫黑傑教練去找你們。好好照顧你們自己，讓我們感到驕傲。你們一直有辦到！

雅典娜・帕德嫩

文／間歇泉之神彼特

　　最近剛在羅馬深處的巨大蜘蛛網裡發現它。這個約十二公尺高、由金子和象牙打造的無價雅典娜女神雕像，頭上裝飾著斯芬克斯和葛萊芬雕飾的王冠，還手持勝利女神妮琪、盾牌與蛇的雕像。它剛落腳於混血之丘山頂，從那裡散發出有保護力量，而且有點強烈的魔法。

雅典娜的長外衣

文／馬肯・佩斯

在這裡隨便找人問，他們會告訴你，我是一個頭腦冷靜的人。強調邏輯，不愛誇張。屬於先思考、再行動類型的混血人。我猜，這是雅典娜的孩子與生俱來的特質。

所以當我突然看到影像時，其實有點嚇到。

混血人常常做惡夢——恐怕你很快就會有深切體認，但這些影像會在我清醒時出現。當我在走路、無憂無慮的時候，「轟！」我的腦袋會充滿古希臘慶典的影像。我看到像奧運一樣的體育活動，此外還有音樂比賽、詩歌朗誦，甚至選美比賽。我看到優勝者接受裝了橄欖油（在當時超級珍貴）的雙耳罐。我觀看人們遊行，尾聲是人們為一尊真人大小的雅典娜木雕像披上巨大的彩布。

這個幻燈片秀分別在四個不同的場合閃過我的腦海。到了第四次重播時，我想要知道答案。首先，那個慶典到底是什麼？第二，那些影像來自哪裡？第三，為什麼我會看到這些影像？

為了回答第一個問題，我到我們小屋的研究圖書室做了一點調查，總算找到了答案。某本書裡提到了「偉大的泛雅典娜節」（Great Panathenaia），這個每四年在雅典舉辦的慶典是為了紀念我的母親。我還知道木雕像是雅典娜．玻利亞斯，意思是「城市的」雅典娜，而那件衣服是特製的希臘長外衣（一種多變的服裝，可以當及地長裙穿，或者跟上衣做整組搭配，也能當成披肩，或者……天神啊，我聽起來像是瓦倫提娜！抱歉！），上面編織的圖案描繪出雅典娜最偉大的幾次勝利，例如她打敗巨人恩塞勒達斯那次。

所以我之前是看到偉大的泛雅典娜節。現在我只要弄清楚這些影像來自何方，以及為何我會看到它們。

結果這個「何方」出人意料地好解決。每次影像突然出現，我都在混血之丘附近。因此，我富有邏輯感的大腦告訴我，那個區域的某樣東西造成了那些影像。結論：某樣東西就是雅典娜．帕德嫩神像。

如果你不相信這個可能性，儘管登上混血之丘，自己體驗看看雅典娜．帕德嫩的威力。那個雕像散發著魔法，它的眼睛會跟著你；它是如此栩栩如生，讓你以為它會講話。相信我，一旦你感覺到它的威力，將了解為什麼我會判斷是雕像把過去的畫面傳到我腦袋裡。

所以剩下的問題就是為什麼了。我研究了好幾個可能性，但最後總會回到這一個：媽媽正在給我一個沒那麼難猜的暗示。我推論出她懷念有個專門紀念她的慶典。我進一步推論，她要我在混血營裡重新舉辦慶典。當然，她永遠不會直接出來跟我說。要求別人致敬不是她的風格，所以她才會用雕像當媒介。

不過，為了確認我是對的，我把結論低聲告訴雅典娜．帕德嫩。是的，我覺得對著雕像說話有點蠢，而且當然，雕像沒有回話。媽媽也沒有回答；至少，她沒有直接回話。但那天晚上，一個雙耳橄欖油罐出現在我的床旁邊。這如果不是代表她給了我讚許的徵兆，就是她要我製作一**大堆**的披薩。我猜答案是前者。

隔天早上，我把一切告訴我的兄弟姊妹和奇戎。雅典娜的孩子對於重新舉辦慶典都很有興趣。奇戎自己在當時參加過最早的泛雅典娜節，所以他欣然同意這項計畫。

第一屆混血營泛雅典娜節預計在明年八月舉辦，剛好跟最早那次的節慶時間相同，而且媽媽「從宙斯頭上跳出來」的那天也在這時候。這讓我們這些雅典娜的孩子有大概一年的時間可以打造雅典娜·玻利亞斯的木雕像、編織巨大無比的長外衣、安排比賽，以及規劃流程。（我的一些兄弟姊妹建議直接為雅典娜·帕德嫩製作長外衣，但首先，我想長島的布料不夠我們製作那麼大的披肩；第二，古代的雅典人並沒有這樣做。他們使用專為節慶製作的木雕像。我想要以傳統方式進行，因為，重點就是要重現傳統啊。）

我會擔心我們無法及時準備好嗎？不會。身為雅典娜的孩子，計畫與安排是我們與生俱來的天賦。此外，其他學員已經志願幫忙。如果你也想要出一臂之力，簽名表就在第六小屋的門上。

我媽媽嗎？我想她同意。上一次我靠近雅典娜．帕德嫩時，我發誓它眨了眼睛。

訓練場

場景：阿波羅沿著海邊臉朝後慢跑，一邊用他的金弓射箭。他的身後是穿著戰鬥裝的學員，以軍事隊形慢跑。

阿波羅：我不知道但聽說過！

學員：我們不知道但聽說過！

阿波羅：太陽神有一把金弓！

學員：太陽神有一把金弓！

阿波羅：他是陸地上的第一射手！

學員：他是陸地上的第一射手！

阿波羅：啊！（阿波羅絆了一跤，以背部著地）我跌倒在沙地上！

學員（繞著他慢跑）：啊！他跌倒在沙地上！

阿波羅：我故意的，所以不要笑！

學員：他故意的，所以不要笑！

阿波羅（想要站起來但又再度跌倒）：喔！我的天神小腿受傷了！

學員：喔！他的天神小腿受傷了！

阿波羅（怒視大家，並開始發光）：如果你們想要活到明天……

學員：如果我們想要活到明天……

阿波羅（散發更亮的光芒）：**不要重複我說的話！**

學員：不要……嗯……

——這首行軍歌曲的撰寫、吟唱，以及中途打斷的人，都是阿波羅。

棒到沒話說的一幕。

——波西 P.J.

兵工廠

文／間歇泉之神彼特

長矛、箭、匕首、盾牌、弓箭，以及棍棒，就放在兵工廠的中央，有些則存放在屋椽上。需要致命武器的人一定要來參觀兵工廠。仔細尋找，你甚至能找到充滿魔法力量的兵器。所以不要遲疑，無論你是要戳刺、切割、砍劈，或者擊打，你要找的工具正在等著你！

攀岩場

文／間歇泉之神彼特

哪個地方既有熔岩又充滿樂趣？當然是攀岩場。一開始設立攀岩場的目的是為了調整學員的反射動作，測試手眼協調能力，現在已變成每位學員想要釋放壓抑情緒而尖叫時的首選練習地點。

如果爬到一半掉下來沒有讓你進到主屋的醫務室，猛力撞上岩牆或是熔化的岩漿也會。所以儘管上吧——只是別往下看！

戰鬥競技場與射箭場

文／間歇泉之神彼特

混血人在這個圓形戰鬥場裡流的血，比在混血營裡的其他地方都要多。那你還在等什麼？用帶子固定好你的盔甲，準備流汗，因為你即將進行前所未有的訓練！當你用劍砍劈、用矛猛刺、用盾撞擊、用匕首戳時，你將動用到每塊肌肉。而這只是暖身。既然你的血液正快速流動（不管是在你體內或體外），你應該要對著稻草假人測試你的金屬武器，或是面對活生生的對手測試自己的奮戰精神。但請記住：對手的打擊是真的，你流的血也是，所以請保持警覺！

從遠處出擊比較是你的風格？這點我們也照顧到了。射箭場距離戰鬥競技場只有標槍擲遠的距離，那裡有一整排顏色大膽的箭靶，靶上的紅心彷彿在問，你敢用弓箭好好瞄準它們嗎？不過你要小心場上亂飛的箭，別讓自己也變成箭靶。

阿瑞斯小屋在和平時期的挑戰

文/埃利斯・韋克菲爾

要當一個偉大的首席指導員，你不能只是小屋裡兄弟姊妹中最年長的那位。你還必須是領導者——聰明、強壯、果決、勇敢，而且還要是無畏的鬥士。我們的前任首席指導員克蕾莎・拉瑞就有過之而無不及。薛曼・楊？他喔，我就沒那麼確定了。

當克蕾莎離開混血營去念大學，薛曼接任她的位置。他是典型阿瑞斯的孩子，換句話說，就是肌肉強健的凶猛戰鬥機器，渴望流血衝突，不屑和平。雖然這些特質很令人印象深刻，但我懷疑光憑這些是否就能夠帶領我們小屋。更重要的是，他是否能帶領我們贏過其他小屋。如果不行……嗯，讓我們這麼說吧，我正在偷偷研究，想要找到他的阿基里斯腳跟（意思是「致命的弱點」）。

就在薛曼接任之後沒多久，阿瑞斯小屋在混血營的每日內務檢查中表現差勁。其中一位姊妹在她的床底下留著一盤黏膩的甜口味烤肉，上面爬滿了螞蟻。不是巨大的邁爾米克，牠們喜歡閃亮的東西勝過煙燻肉。事實上，如果邁爾米克入侵了也沒關係。最近實在太平靜了，我不介意跟牠們打個幾回合，用劍對抗牠們的大顎。

無論如何，我們那天的例行公事是戰鬥競技場與射箭場的準備工作。我喜歡在戰鬥場裡練習，但在那之後整理環境，為下一場練習把一切東西都準備好？我寧願去對付奈米亞獅子，而從我室友臉上的表情判斷，他們也有同樣的感覺。如果不是非激進的抗議讓我們感到太噁心，我們或許會展開靜坐行動。

相反地，我們步伐沉重地走向競技場。讓我訝異的是，一些其他小屋的學員也在那裡。薛曼也在，這有點讓我訝異，因為在我們必須做這些例行雜務時，他通常不會第一個到現場。

「阿瑞斯小屋！」他大吼：「單膝跪地！」

我不知道發生了什麼事。我們應該要進行準備工作。為什麼其他學員會在這裡？無論如何，我們這些阿瑞斯的孩子一起跪了下來，等著看會發生什麼事。

「我今天要辦一場友誼性質的小型任務接力賽，」薛曼對所有人宣布：「誰想要參加？」

自然而然，所有阿瑞斯的孩子開始舉起手。我還是不明白為何薛曼要辦比賽，而不是叫我們做指定工作，但我不打算爭論。

他不耐地朝著我們揮手。「不，不，不是你們，阿瑞斯小屋。你們只是來這裡當觀眾。這場比賽是辦在競技場和射箭場裡，你們太了解這些地方了。這樣對其他參賽者不公平。」

公平？這傢伙怎麼會成為我們小屋的頭頭？我幾乎要厭惡地奪門而出。但這時我注意到薛曼的眼裡閃爍著狡猾的光芒。他正在密謀什麼，至於是什麼事，我不知道，但我想要弄清楚。

「贏了能拿到什麼？」賽西爾．馬克維茲問。那個孩子啊，總是在想可能的支出。

薛曼露出了一抹詭異的微笑。「拿到第一名的人，可以在今晚發射T恤槍。」

他的宣布讓大家興奮起來。槍在混血營並沒有很受歡迎，多數學員偏好古希臘的傳統武器，阿瑞斯小屋的T恤槍是少數例外；它能將捲得緊緊的混血營T恤射到十五公尺高的半空中。在混血營的領唱會與排球賽當中，這真的很能讓大家開心。

在一些推擠和爭論之後，五名角逐者站起來志願參加：威爾．索拉斯、米蘭達．加汀納、吳貝莉、賽西爾．馬克維茲，以及達米安．懷特。不管薛曼在打什麼主意，我賭威爾或達米安會贏。我選威爾是因為他聰明，速度又快；選達米安則是因為他狡詐。

「參賽者！」薛曼舉起槍，手指張開。「這場比賽共有五項任務：你們每個人必須磨利兩把練習劍的劍身，再把四個用過的箭靶換成新的，接著擦亮一個盾牌，然後換掉四把矛的矛頭，最後把稻草假人的四肢和頭黏回去。完成後，回到這裡向我報到。」薛曼把手指握成拳頭。「有任何問題嗎？」

我用力咬緊牙關，才沒讓我的臉上出現詭祕的笑容。我不得不稱讚薛曼——他竟然想出這麼棒的計畫：讓其他學員做我們的工作。而要防止人們把事情想清楚，最好的方法莫過於答應讓他們發射一把大槍。

薛曼讓參賽者一起站在起跑線，然後大喊：「出發！」

他們開始比賽。二十分鐘後，米蘭達率先衝線。她喘著氣，高舉勝利的拳頭。薛曼抓她過來抱了一下，然後很快放手，臉紅了起來，難為情地露出笑容。我們這群阿瑞斯的孩子精力充沛地歡呼，這不只是為了勝利者，也為我們不必做的雜務，更重要的，是為我們頂尖的首席指導員薛曼歡呼。

排球場

文／間歇泉之神彼特

不管你是認真的球員，還是想尋找一點競爭樂趣的學員，沒有其他地方比排球場更適合你，來這裡感受一下照在背上的陽光，吹過髮梢的風，或者砸在你臉上的排球。

來打球，來觀賞比賽，來抓那從阿瑞斯小屋的槍裡射出來的T恤——你就來吧！

比賽翻盤

文／荷莉與蘿瑞兒・維克多

蘿瑞兒：看過來——我們主控了球場。
荷莉：我們已蓄勢待發。
蘿瑞兒：讓我感到噁心。
荷莉：球場？
蘿瑞兒：不是，學員為了好玩才打球，就好像……
荷莉：不要說！
蘿瑞兒：……當做消遣。
荷莉：噁心！毫無意義！
蘿瑞兒：完全違反我們的傳統。

荷莉：真的。古希臘人喜歡有組織的競賽運動。

蘿瑞兒：哈囉，聽過奧運嗎？

荷莉：或是泛雅典娜節？

蘿瑞兒：那個時候到處都是沙地競賽場。古希臘人會在裡面進行角力或拳擊賽。

荷莉：這些地方就叫角力場（palaestra）。

蘿瑞兒：這個名稱來自發明角力的女神帕勒斯特拉（Palaestra）。

荷莉：聽到了嗎？男孩們？是角力**女神**。

蘿瑞兒：女力！

荷莉：她們裸體角力。

蘿瑞兒：所以沒地方藏武器。

荷莉：帕勒斯特拉主宰全場。

蘿瑞兒：就像我們主宰球場。

荷莉：維克多家二十分，對手零分。我能聽到你們喊「喔耶！」嗎？

蘿瑞兒：喔耶！知道我想和誰對戰嗎？

荷莉：我知道我想和誰對戰。

蘿瑞兒：獵女隊。

荷莉：聽好囉，菜鳥。當獵女隊在混血營時，我們會比奪旗大賽。

蘿瑞兒：獵女隊五十六分，混血營零分。無法接受的結果。

荷莉：所以下次她們出現時，我會把旗子藏起來。

蘿瑞兒：沒有旗子可搶奪，就無法比奪旗大賽了。

荷莉：然後我們會找她們比排球。

蘿瑞兒：維克多家對上獵女隊。她們兩個人對上我們兩個人。

荷莉：那些獵女隊？她們看起來像驚恐的獵物。

蘿瑞兒：搞不清楚弓箭來自何方的鹿。

荷莉：搞不清楚叉子來自何方的蔬菜沙拉。

蘿瑞兒：什麼？

荷莉：我打算吃素。

蘿瑞兒：嘿，我也是。
荷莉：從什麼時候開始？
蘿瑞兒：在你決定吃素之前就開始了。
荷莉：我先決定的。
蘿瑞兒：你沒有。
荷莉：我有。
蘿瑞兒：對話結束。
荷莉：我說它結束才算結束！
蘿瑞兒和荷莉：結束！

工藝專區

鐵工廠

文／間歇泉之神彼特

你正在荒野裡散步，想著自己的事情，此時，「咚！——」一塊神界青銅從天上掉下來，差點砸死你。這時你會怎麼做？讓我來告訴你：你帶著這塊青銅來到混血營裡最火熱的地方——鐵工廠！九號小屋的學員會趁這個機會把這塊神祕金屬打造成武器、盾牌、盔甲或甚至……聽好了，頭盔！在那裡，你或許可以一瞥眾人喜愛的獨眼巨人泰森。或者你也可以讓赫菲斯托斯的孩子去找他們的爸爸，請他下次要丟廢料時注意一下地點。

美術工藝中心

文／間歇泉之神彼特

創意的泉源在這間通風的工作室裡自由地流動。這裡是雅典娜的孩子最喜歡的地方，他們來這裡雕刻、繪畫、編織，以及做陶藝，但這裡歡迎每個人前來擁抱自己藝術性的一面（無論那一面是指上面、前面還是旁邊，但請不要是下面）。一團團天然染色的毛線、一個個撐好油畫布的畫架、一塊塊的大理石與黏土，所有你想要的工具與顏料，全都在等著你！

九號密庫

文／間歇泉之神彼特

這個又大又深的工作坊位在地下，隱藏在西邊山腳下的森林深處。在第一次的混血人內戰之後，九號密庫就封閉起來，逐漸從眾人的記憶中消失。一百五十多年來，它就像時間膠囊一樣靜靜等著人們發現。但現在，多虧了里歐．華德茲的火爆手法，它的祕密和機械庫存都垂手可得。你會好奇到敢進去一探究竟嗎？

九號密庫裡的一三〇號

文／妮莎・巴瑞拉

九號密庫是很棒的地方，但如果你有機會去那裡，請避開後面的陰暗角落。那裡放著不好的東西。如果你還是決定去看一下，請聽我的建議：不要摸它。你以為我在開玩笑？繼續讀下去。

有天傍晚，柯納・史托爾、薛曼・楊、瓦倫提娜・迪亞茲、保羅・蒙提斯、巴奇・華克和我一起在沙灘上閒晃，這時話題轉到了混血營的詛咒。

「記得那次阿波羅小屋施加的押韻對句咒語嗎？」巴奇問。「我正要去找你們的碴／準備做內務檢查！」

瓦倫提娜輕聲笑了出來。「我的小屋在一年前施的咒語叫做甜心咒。暗戀的人會被迫叫暗戀對象『甜心』。」她用睫毛下的眼睛看著保羅。「真好奇如果我現在丟出這個咒語會發生什麼事？」

保羅渾然不覺地露出笑容。

薛曼用手肘輕推我的肩膀。「那你呢，妮莎？有什麼精采的詛咒故事嗎？」

我不安地移動身體。「只有一個。」

「是嗎？說來聽聽。」

「我沒辦法。那比較像是我必須讓你們看的東西。」

我不想繼續這個話題，但他們不放棄。他們不斷勸我，最後我只好說：「好吧，就依你們。在這裡等著。」

我跑回我的小屋，從儲物櫃裡拿出一本舊書。這本書的漆黑皮革封面上印著橘色字體，還有一個小掛鎖讓人無法打開它。我不情願地帶著它回到沙灘。瓦倫提娜看到它立刻發出尖叫。

「這是本古老的日記，對吧？」她問。「五〇年代的混血營商店裡有賣。」

「這本來自四〇年代，」我糾正她，「它的主人是我的姊姊埃洛伊茲。我發現它就藏在我床底下的假層板裡。」

瓦倫提娜急切地搓著手。「我的天啊，我喜歡看別人的日記！喔，當然不是說我會在沒有允許的情況下這樣做。」她匆忙地加上一句。

「埃洛伊茲的日記和詛咒有什麼關係？」薛曼問。

「大有關係，」我嚴肅地說：「聽好了。」

一九四八年六月十日

日記：

回到混血營。今年夏天的計畫：靠希臘火藥運行的賽車。

一九四八年六月十三日

日記：

完成草圖。蒐集好材料。明天開始建造。

一九四八年六月十六日

日記：

憤怒。抓到一名阿芙蘿黛蒂的兒子正在窺探我的東西。他宣稱自己是車迷，所以跑來看我的車。很有可能是謊言。

一九四八年六月十七日

那個男生又來了。他問了一些關於我車子的問題。那些問題滿聰明的，可能誤會他了。

一九四八年六月十九日

親愛的日記：

詹姆斯有金髮、天藍色的眼睛。女孩們都愛他。水精靈也是。今天水精靈把他拖進湖裡，差點淹死他。太誇張了。

一九四八年六月二十日

親愛的日記：

詹姆斯在今天午餐時間買了一罐希臘火藥給我。其他女孩子都在瞪我。

一九四八年六月二十二日

親愛的日記：

車子完成了。我在車裡安裝了奶油黃的皮革座椅，並把車身漆成天藍色。

一九四八年六月二十六日

親愛的日記：

第一次試車成功！詹姆斯想要試車，但我不准。如果會發生什麼事，我希望它發生在我身上……

一九四八年六月二十八日

最親愛的日記：

詹姆斯說他將來想當演員，但是如果當不成，他或許會成為賽車手——前提是由我設計他的車。我認為他在開玩笑。

一九四八年六月三十日

最親愛的日記：

第二次試車的結果更好。我讓詹姆斯裝填希臘火藥。一定是有一些火藥漏出來了，因為當我們的手相碰，我的手指燒了起來。

一九四八年七月二日

最親愛的日記：

今天詹姆斯開著車繞了馬車道。其他女孩都在看他。他下車之後抱了我一下，然後說車子引擎像小貓一樣嗚嗚叫。

一九四八年七月二日（午夜）

最親愛的日記：

我也在嗚嗚叫。

一九四八年七月三日

最親愛的日記：

明天晚上在海灘上會放煙火。我會幫忙架設煙火。然後我會去找詹姆斯。

一九四八年七月四日

日記：

我找到他了。跟阿瑞斯的女兒在一起。

一九四八年七月五日

日記：

車子在午夜爆炸。我告訴奇戎那是希臘火藥。我告訴詹姆斯我不會再打造另一輛車子。

一九四八年七月八日

日記：

詹姆斯最近常常造訪兵工廠。

一九四八年七月十日

日記：

我有新的計畫：哈摩妮雅的項鍊。

日記就寫到這裡。

我深吸一口氣，然後看向我的朋友。他們正全神貫注地看著我。

「哈摩妮雅是阿瑞斯和阿芙蘿黛蒂的女兒，」我告訴他們：「你們可能知道，阿芙蘿黛蒂是我爸爸的妻子。當赫菲斯托斯知道哈摩妮雅的事情之後……他對阿芙蘿黛蒂不是很高興。他製作了一個受詛咒的物品。」

瓦倫提娜用手摀住嘴巴。「他詛咒我媽媽？」

「不是她——是哈摩妮雅。他打造了一條很漂亮但受到詛咒的項鍊，並在她婚禮那天送給她。基本上，她的下半輩子都很悲慘。在她之後，任何人戴上那條項鍊也是一樣。」

巴奇皺起眉頭。「哈摩妮雅的故事跟埃洛伊茲和詹姆斯有何關係？」

瓦倫提娜翻白眼。「你真笨！赫菲斯托斯的女兒埃洛伊茲，愛上了阿芙蘿黛蒂的兒子詹姆斯。然後她抓到他跟阿瑞斯的女兒在一起。愛的三角關係再次出現。」

我點點頭。「然後埃洛伊茲就開始進行一項名為哈摩妮雅項鍊的計畫。」

「給拋棄她的男朋友的詛咒。」薛曼說。

「對。」我給他們看一張黑白相片，裡面有個十幾歲的可愛男孩子，穿著老式的混血營T恤，坐在一名女孩子旁邊，那個女孩子看起來像是二戰時期進入工廠工作的年輕女孩。「一九四八年的詹姆斯與埃洛伊茲。然後這是一九五五年的詹姆斯。」

我拿出一張二十幾歲男子的特寫照，他的輪廓分明，表情迷人。

「有人認得他嗎？」

瓦倫提娜的下巴掉了下來。「他是詹姆斯・狄恩（James Dean）！」

「那個香腸大亨？」巴奇問。

「不是吉米・狄恩啦，你這個白痴，是詹姆斯・狄恩。很有名的演員。」瓦倫提娜用手輕輕劃過相片。「他簡直帥呆了。」

「帥呆了！」保羅以濃厚的巴西腔強調。「養子不教。天倫夢覺。英年早逝。」

「沒錯，」我說：「詹姆斯・狄恩在一九五五年以兩部電影衝上超級巨星的地位，分別是《天倫夢覺》，以及《養子不教誰之過》。」

「保羅說英年早逝是什麼意思？」柯納問。

我拿第三張詹姆斯的相片給他們看。他坐在一輛亮銀色的賽車裡面，車子的引擎蓋和側面漆著數字一三〇。「這大概是在一九五五年九月二十二日拍的。很棒的車子吧？這是保時捷五五〇。」我放下最後一張相片。「**這張**是在九月三十日拍的。」

他們全都倒抽一口氣。保時捷已經變成一團扭曲的廢鐵，只認得出數字一三〇。

「詹姆斯和一位朋友正開車要去加州沙利納斯參加比賽。」我告訴他們：「他們在路旁一家商店前面停了下來。意外在大概半小時後發生。詹姆斯死於車禍。」我咬了一下嘴唇。我想埃洛伊茲趁車子停下來的時候詛咒了它。她安裝了什麼東西，對底盤施予魔法。我不知道確切手法，但那就是她的祕密計畫，代號哈摩妮雅的項鍊。」

薛曼皺著眉頭。「車禍常常發生，妮莎。」

「對，但聽好囉，撞到他們的人宣稱，他從頭到尾都沒有看到那輛車子開過來。在車禍之後，從那輛保時捷回收的零件被安裝到其他車子上，結果那些車都發生了可怕的車禍。保時捷殘骸則從卡車的車床裡掉出來，砸碎某個男人的大腿。兩名竊賊想偷方向盤和坐墊套，結果受到莫名其妙的傷害。安置那輛保時捷殘骸的車庫發生火災，但車子本身卻毫髮無傷。還要我繼續講下去嗎？」

「現在那輛車子在哪裡？」薛曼問。

「它在一九五九年消失了。沒有凡人知道它在哪裡。」

「等等，」巴奇說：「**沒有凡人？**」

我望向西邊的山丘。「它在九號密庫裡，我想我爸把它藏在那裡，也有可能是埃洛伊茲幹的，為了防止詛咒再傷害其他人。」我看著他們。「或是當成獎盃保留下來。」

故事講完了。或許號碼一三〇的詛咒已經淡去。你想要摸摸陰暗角落裡的汽車殘骸好一探究竟，請便。我呢，會選擇敬而遠之。

野地

場景：遊戲節目的背景。三名學員坐在桌子後方，在他們面前各有一個搶答鈴。阿波羅站在講台後面。他穿著開領襯衫、鑲有金色亮片的外套、緊身黑褲，打扮得像個不入流的遊戲節目主持人……

阿波羅：歡迎收看第一屆年度混血營機智搶答節目！請以熱烈的掌聲歡迎我們的參賽者。來自雅典娜小屋的……畢．外斯！（掌聲）來自阿瑞斯小屋的……阿諾．碧夫凱克！（掌聲）以及代表偶蹄類朋友的……羊男費迪南．安德伍德。（偶蹄踩踏的聲音）各位參賽者，你們都知道規則吧。就是我問一個問題，你們如果知道答案，按下搶答鈴。你們準備好了嗎？

外斯（點了一下太陽穴）：我思，故我在。

碧夫凱克（伸展了一下肌肉）：儘管出招。

安德伍德：嗯，我吃掉我的搶答鈴了。

阿波羅：太好了！那就讓我們開始吧。第一個問題：說出我殺死的那條蛇的名字。

（叮叮）

阿波羅：外斯？

外斯：那不是問句。

阿波羅：抱歉。「那不是問句。」不是正確答案。

外斯：不，等一下，我的意思是……（叮叮）

碧夫凱克：那條蛇是匹松。

阿波羅：正確！

碧夫凱克（比出兩隻拇指）：耶！

阿波羅：下一個問題……

安德伍德：所以，如果我知道答案的話，我是應該說「叮叮」就好，還是……

阿波羅：是誰在音樂比賽之後，因為錯誤地指控我，而被我活生生剝下他的皮？

安德伍德：巴啦巴啦！

阿波羅：抱歉，「巴啦巴啦」不正確，而且你也沒有按鈴。正確答案是羊男馬西亞斯。

外斯：等等！我知道答案！你沒有給我機會搶答！

阿波羅：他以為自己在愚蠢的雙排蘆笛上很厲害，但我證明給他看。

碧夫凱克：沒錯，你的確做到了。

外斯：我以為你被錯誤指控。

安德伍德：巴啦巴啦！

阿波羅：最後一個問題。你們知道現在的時間嗎？

（叮叮）

外斯（確認太陽的位置）：兩點二十……

阿波羅：跳舞的時間到了！（扯掉外套和襯衫，開始玩呼拉圈）跳吧，男孩！

（羊男進場，一邊揮舞著彩帶，吹蘆笛，一邊繞著太陽神跳躍）

碧夫凱克：喔耶！（扯下襯衫，拿著它在空中旋轉）這就是派對了！

外斯（揉著太陽穴）：我不敢相信我事前還做了功課。

費迪南：叮叮？

啊啊啊！我的視網膜啊！

——波西 P.J.

偶蹄長老會議樹林

文／間歇泉之神彼特

正在為下一場會議搜尋有自然之美的場地嗎？你可以考慮預定這塊充滿田野風的偏遠空地！雄偉的原始林圍繞一整片輕柔的草地。葉子在附近海岸吹過來的微風中沙沙作響。從飛馬廄往北走一小段距離，每一步都很值得。記得事先透過伊麗絲傳訊，這樣森林裡的木精靈才會安排點心和飲料。

＊需要特別申請才能使用以玫瑰叢修剪而成的王座。

活著就要學……這樣你才能活下去

文／羊男伍德羅

當波西・傑克森要我跟你們說一下我在教的求生技巧課時，我感到很榮幸。雖然榮幸，但也感到困惑，因為我教的是蘆笛音樂的創作與欣賞，而不是基本求生課。

所以我用紙飛機寄了兩封信給先前教過這堂課的羊男——格羅佛・安德伍德和葛利生・黑傑，請他們提供建議，以下是他們的回覆。

（以稍微咀嚼過的牛皮紙袋寄來的。）

親愛的伍德羅：

加州很乾，謝謝你的詢問。

我教課是採用ＫＩＳＳ策略——Keep It Simple, Satyr.（保持簡單，羊男。）因為有太多學生是注意力不足過動症。一言以蔽之，以下是我的課程計畫。（如果你不知道什麼是「蔽」，可以去找用樹蔭遮蔽的木精靈。）

第一步：掃視周遭是否有立即威脅。範例：快速接近中而且爪子已經張開、尖牙正滴著毒液的怪物；周遭布滿腐爛香蕉皮的大洞穴；小丑（快樂和悲傷表情一樣危險）。

第二步：盤點存貨。尋找有用的物品，例如：水、食物、火、更多食物。

第三步：不要亂跑，等待救援。注意：最後這一步只有在其他人正在找你時才有用。

希望這有幫助！

你的狂野朋友，格羅佛

（另一封信寫在一張蠟筆畫的背面，畫裡面有一個羊男爸爸、風精靈媽咪，以及一個小寶寶。）

伍德羅：

求生的關鍵是戰勝逆境。還有順境。那些逆境也可能暗流洶湧，**所以不要讓自己的視線離開它們！**

至於戰勝的部分，選一根堅固的木頭準沒錯。白蠟樹最好，既堅硬又輕，跟目標接觸時能發出很棒的「劈啪」聲。盡量不要選松木，味道很好聞，但太黏手，而且你永遠不知道有誰會住在裡面。

如果你手邊沒有棍棒，試試用蹄踢對方的腹腔神經叢，用角刺對方的喉嚨，以及用臀部撞對方的內臟。呼——呀！

教練

雖然很感謝他們睿智的建議，但我還是決定自己去找求生訓練的技巧。所以我做了一件自己在思考如何面對挑戰時常做的一件事：我看著星星尋找指引。這時我突然想到：我可以教混血人看星星尋找指引！

星座是很棒的定位和導航工具。它們也有重大的歷史意義，因為星座是由希臘諸神送到天上的生物與人類所構成。所以這是一個雙贏的概念。

以下是我提議的課程計畫部分內容搶先看：

不管啦，媽媽（或是W—M形狀的星座）

衣索比亞之后卡西歐佩亞吹噓說，她和她的女兒安朵美達比波塞頓的女兒海精靈還要漂亮。

「天神，媽媽，這是要我難堪嗎？」安朵美達抱怨。

海精靈向她們的爸爸抱怨。做為對卡西歐佩亞吹噓的懲罰，波塞頓派出海怪凱圖斯去破壞衣索比亞。結束這個恐怖時期的唯一辦法，就是把安朵美達當做祭品獻給怪獸。

當然，卡西歐佩亞沒有把這件事告訴她的女兒。相反地，她承諾安朵美達可以在海邊做水療度過美好的一天，藉此引誘她。到了那裡之後，她用鎖鍊把安朵美達綁在岩石上面，剛好是凱圖斯可以輕易咬到她的距離。

「母親！」聽說安朵美達以超過海浪撞擊聲的音量抱怨。「這些鎖鍊跟我整套服裝不搭！含有鹽分的浪花讓我的頭髮捲翹！還有，我的女按摩師什麼時候會來？」

「他來了！」卡西歐佩亞回答，這時凱圖斯用後腳站起來，從海浪裡現身，然後衝向公主。（註：格羅佛會指認凱圖斯是「立即的威脅」。）

就在怪物出擊的前幾秒，天空中突然降下一道身影。那是英雄柏修斯！他抽出鑽石寶劍（「喔！好閃亮！」聽說安朵美達以超過凱圖斯咆哮的音量這樣大喊），殺死怪獸，釋放安朵美達，並用柔順的樹液控制她的頭髮捲翹，然後娶了她。他們生了九個孩子，創建邁錫尼城，從此過著幸福快樂的日子。

柏修斯和安朵美達死後，兩人都變成星座。不過，他們非常黯淡，因此很難找到他們。相反地，你可以尋找也在群星之中的卡西歐佩亞。她在天上就如同在地上一樣愛出風頭，你不會錯過她的圖形：由五顆明亮的星星構成W或M的形狀，端看你觀看的角度。找到它（就是天后座），你就能找到正確的路回家。

提供參考：母女星座彼此非常靠近。事實上，如果你在沒有月光的晚上仔細聆聽，你可以聽到安朵美達告訴卡西歐佩亞「走開並給她一些空間」。

與熊同行

再一次，宙斯背著希拉和一名可愛的女性偷偷往來，她名叫卡利斯托，剛好是阿蒂蜜絲獵女隊的一員。為何卡利斯托會打破遠離男人的誓言，沒有人猜得透。有人說宙斯把自己偽裝成阿蒂蜜絲騙過了她。

再一次，希拉發現宙斯的不忠，她在盛怒之餘「呼」的一聲把卡利斯托變成了熊，然後要求阿蒂蜜絲去獵殺牠。也有可能她是要求阿卡斯，他是宙斯和卡利斯托的兒子，也是技術純熟的弓箭手。細節已經有點模糊。不管怎樣，卡利斯托這頭熊直視著搭在弓上的箭尖時，宙斯才終於注意到。

「嗯，這可能有部分是我的錯。」宙斯在解除威脅時這樣懺悔。卡利斯托用後腿站起來，用爪子抓過她毛茸茸的胸口，然後以熊的口吻問他：「你這樣認為？」

「讓我補償你。」他把她變成星星，高掛在天上。他也對阿卡斯做了同樣的事，因為他認為這樣能讓男孩不受希拉的傷害。這些星星形成的圖案看起來像熊，然後希臘人叫它們「大的長柄杓」和「小的長柄杓」。

哈哈，開開玩笑。希臘人稱呼它們大熊座和小熊座。大熊座看起來……嗯，其實真的就像大的長柄杓，有著彎曲的手把以及寬口的碗身。小熊座就像較小版本的長柄杓，只不過手把是往上彎，而不是往下彎。

提供參考：謠傳宙斯以羅馬型態出現時，會偷偷跟卡利斯托出去玩。它藏在木星後面（也有可能他就變成了木星），然後卡利斯托會在以她命名的衛星上繞著他旋轉。當希拉發現他們的幽會地點時，注意看那區域的天空中出現的超新星。

看星星找指引

那麼，假使你迷路了，這些故事如何幫上忙？如果你能在夜空中找到大熊座、小熊座、天后座，你就能確認北方。這三個星座都在北極星附近，而北極星在天空中的位置是固定的。找到這些星座，就能找到北極星；找到北極星，你就能找到北方；找到北方，你就能分清楚東西南北。然後你幾乎就能回到家了。

註：當我拿課程計畫給格羅佛看，他指出這個導航方法只有在你知道自己家位在哪個方向時才有用。而且，它在白天也不太會有效果。喔，好吧，至少這是個開始。

飛馬廄

文／間歇泉之神彼特

有翅膀的馬也需要有個家，混血營的人很高興有些飛馬把這裡當成牠們的家。清理馬廄或許不怎麼有趣，但飛行絕對超過這個代價。如果你很想靠馬力呼嘯飛過天際，請來這裡見見這群飛馬——記得要帶甜甜圈。

邁爾米克的巢穴

文／間歇泉之神彼特

這個地方應該立一個警告牌寫：「禁止進入！」如果你發現自己靠近了這個巨大的蟻丘，記得要丟掉身上任何閃亮的金屬。這些巨大的螞蟻無法抵擋閃亮金屬的誘惑。不過牠們不喜歡某些水道，澤佛羅斯溪的流域剛好在主要營地與螞蟻巢穴之間，這可能是牠們沒有入侵混血營的原因。不過蟻后有時會飛過來看一下就是了。如果他們決定跨過長島海峽，紐約市免不了要遭受巨大的傷害。

間歇泉

文／間歇泉之神彼特

請來這個與眾不同的地方……一個充滿霧氣魔法與潮溼熱帶微風的地方。在這裡，令人愉快的溼氣讓空氣變得厚重，還會輕撫著你的肌膚，直到它閃閃發亮。當你汗流浹背，汗水弄溼了頭髮，衣服也因此變得沉重，你知道你已經靠近目的地。到了這裡之後，請以口頭方式向間歇泉之神致敬：用詩、歌，或是笑點非常精準的笑話。然後享受兩道噴湧而出的驚人間歇泉帶來的刺激！向強大的間歇泉之神鞠躬！並記得在離開前填寫顧客滿意調查表！

水，水，到處都是

文／間歇泉之神彼特

身為當地地下水源供應之神，我自然有暢通的管道能知道混血營發生了什麼事。廁所爆炸？聽過那件事。奪旗大賽時在小溪裡確認了波塞頓之子的身份？透過澤佛羅斯溪知道了細節。水下的親吻？之後幾天獨木舟湖一直滔滔不絕在講這件事。

像這樣的故事隨時都會流進保利和我的耳裡。我們聽過讓我們臉色泛紅的事。我們還可以跟你說更多，但我不想用資訊淹沒你，讓你陷入泥沼。但如果你想的話，可以找個時間來拜訪我們。

我們想去找你，但奇戎禁止我們靠近淋浴間。

草莓園

文/間歇泉之神彼特

在炎熱的夏日，還有比肥碩飽滿、鮮美多汁、讓陽光曬得暖呼呼的草莓更美味的食物嗎？令人垂涎欲滴的美味，你絕不會只吃一顆。幸運的是，在混血營這裡，草莓隨時供應——甚至透過貨運卡車向外供貨。

任君挑選

文／米蘭達・加汀納

除非你是狄蜜特或戴歐尼修斯的孩子，你在混血營的時候可能會忽略草莓園。我懂。不像戰鬥競技場、攀岩場、混血之丘，或其他的共同區域，田地很普通……嗯，除了「整年長出完美莓果」這件事。

不過，如果你忽略這個地方的話就太遺憾了，因為草莓在混血營裡扮演了重要角色。它們幫我們賺錢，讓混血營能付錢買一堆有用的東西。你以為身上穿的那件免費橘色T恤就這樣很神奇地憑空出現？可不是喔。

你可能想知道種植草莓這決定是如何產生的？又或者，你可能不想知道。如果你不想的話，儘管翻到下一章，只是你要知道自己會錯過一些很有味道的混血營資訊。

你還在？好吧，事情是這樣的。

很久以前，混血營自給自足。這個要塞有當地種植的農產品，以及自由放養的家禽和家畜產品。不過當混血營搬到長島，那些農作物和家禽、家畜並沒有一起帶過來。有好長一段時間，替代方案就是採取古代洞穴人的做法：讓學員去打獵、釣魚和採集。我們無法獵到或採集到的東西，則是跟當地農民交換。當時長島的人口稀疏，這種情況沒什麼問題。

後來，紐約市迅速擴張為巨大都市，市郊範圍也很快就蔓延到島上，混血營周遭幾乎隔夜就冒出社區。在第三次凡人目睹年輕混血人帶個弓箭穿過社區之後，奇戎覺得這時候應該要做些改變了。

當時九個小屋有人住，他召集這些小屋的首席指導員來討論這個議題。（赫菲斯托斯的孩子在尋找神界青銅，而宙斯小屋空空如也是因為他為了安撫希拉而限制了自己的婚外活動。不過獵女隊中途停留在混血營，所以八號小屋有人住。）

「我們必須找到供給混血營的方法，」奇戎說：「有什麼想法嗎？」

「有！我們靠武力拿取我們要的東西！」阿瑞斯小屋的領隊大喊。

「或者我們可以就……那個……偷東西。」荷米斯小屋代表建議。

「不，不！」阿波羅的兒子迅速拿出七弦琴。「我們應該以唱歌代替晚餐，就像往昔的吟遊詩人一樣！」

「奶昔的什麼詩人？」戴歐尼修斯小屋的指導員問。

「什麼？」

「什麼奶昔詩人？」戴歐尼修斯的女兒沒有耐心地問：「哪種奶昔？」

來訪的獵女隊代表插話：「不是奶昔，是往昔。往昔的吟遊詩人。」

戴歐尼修斯的女兒放棄了。

「這樣的討論不會有結果。」雅典娜的女兒站起來。「奇戎，混血營需要穩定的收入來源。」

「同意，」奇戎說：「有什麼建議嗎？」

「有一個。」她用手指抵住桌面，以非常正經的表情掃視其他人。

「我們要賣其他人會大量購買的東西。」

「葡萄酒！」戴歐尼修斯的女兒大喊。

「武器！」阿瑞斯的兒子大叫。

「四部和聲的聲樂編曲！」阿波羅小屋的指導員唱了出來。

「食物。」

所有人看向剛剛講話的狄蜜特兒子。他聳肩道：「人們永遠需要食物。像紐約這樣的大都市，有很多人——很多顧客。」

奇戎摸著鬍子。「我喜歡。但會是什麼食物呢？」

這不是容易回答的問題。雅典娜和戴歐尼修斯小屋想要賣跟他們的天神父母有關係的食物：向雅典娜致敬的橄欖和橄欖油；向戴歐尼修斯致敬的葡萄、葡萄汁、葡萄果醬，以及葡萄酒（又出現了）。荷米斯、阿蒂蜜絲和阿瑞斯的孩子建議好好利用他們在放牧、狩獵和切割方面的才能，開一家肉店。波塞頓的女兒大聲爭取要設立海鮮攤，可以供應「海鮮蛤蜊濃湯給曼哈頓以及新英格蘭」。阿波羅的兒子還是堅持原來的想法，他指出音樂是愛的食物，想要以這個理由打動阿芙蘿黛蒂小屋的指導員。她並不買帳，而且輕蔑地說，任何自重的顧客也不會買單。

討論逐漸升高成爭執，這時狄蜜特小屋的首席指導員說出最後一個建議。「這個如何？」他拿出一個小小的紅色物體。

「迷你炸彈！」阿瑞斯的兒子大喊：「快躲起來！」

「這不是炸彈，不用躲起來，」狄蜜特的兒子說：「這是這塊土地上原產的莓果，長得到處都是。」

阿芙蘿黛蒂的女兒皺起鼻子。「抱歉，但是，感覺有點噁！外面到處都是種子！太不吸引人了。而且還是紅色的？這顏色真是太超過了，就食物來說。」

「對，但它很美味，」狄蜜特小屋的指導員說：「我叫它草莓。」

「為什麼？」雅典娜的女兒想知道。

「因為已經有藍莓、樹莓、黑莓和蔓越莓了。來，吃看看。」他把幾顆草莓放到桌子上。

其他指導員和奇戎試吃草莓。「好甜——」戴歐尼修斯小屋的指導員拖長音調地說。即使是阿芙蘿黛蒂的女兒也同意，雖然她先把籽挑掉了。

奇戎請狄蜜特的兒子站起來。「看起來我們有自己的產品了，」他說：「你和你的兄弟姊妹能負責這項作物，大量種植它們嗎？」

狄蜜特的兒子挺直肩膀、抬高下巴。「我們會把它當成神聖的任務，」她說：「不過偶爾我們可能會請羊男來支援吹蘆笛驅蟲，並請戴歐尼修斯的孩子來幫忙。」

戴歐尼修斯小屋的指導員對他比出向上的拇指。

阿波羅的兒子彈了一下七弦琴，吸引大家注意。「溫柔的靈魂們，請聽我的誓言！我會把它當成我神聖的責任，為新成立的事業命名和行銷。」他彈了另一個和弦，調了一下音，然後再次彈奏。「我甚至會做一首好記的廣告短歌，在紐約的集市大街上廣告我們的貨物。就像瘟疫一樣，這首歌會感染每個聽到的人的心智。不久，全世界都會歌頌我們的產品。這首廣告歌會有點像這樣子……」

幸運的是，在他創作出致命、無可救藥、令人揮之不去的歌曲之前，其他指導員勸阻了他。但阿波羅小屋的學員在行銷新產品上的確表現出色，顯然他們嚴守祕密，沒有讓人知道我們神聖的新食物其實是由半神半人種的。

各位新來的混血人，這就是德爾菲草莓服務成立的過程。

哈囉？你還在嗎？哈囉？

討厭。我就知道我應該出現在打鬥場景才對。

我可以保留T恤嗎？——以及其他常見問題

解答／波西・傑克森、安娜貝斯・雀斯與尼克・帝亞傑羅

波西：我們時間有限，直接來回答問題吧。

◎我可以保留T恤嗎？

波西：可以，但在混血營這裡，衣服可能會被砍、被燒、沾上血跡，你或許會想在混血營商店裡多買幾件。

安娜貝斯：波西！

波西：什麼事？喔，我猜這會讓這裡的生活聽起來有點危險。

尼克：是致命吧。

安娜貝斯：尼克！

波西和尼克：安娜——貝——斯！

安娜貝斯：白痴。

波西：你在這裡會沒事的。或許吧。等到你要進行尋找任務時，才會碰到……麻煩。

◎尋找？我必須進行尋找任務嗎？

安娜貝斯：你現在或許不相信，因為這對你來說太陌生了，但被挑選出來進行尋找任務是每個混血人的夢想。我們訓練就是為了這個目的，那也是我們天生就擅長的事。

波西：你可能不會立刻就入選。是沒錯啦，我的確……我來這裡之後呢，不到一個星期就出去面對死亡了。

安娜貝斯：你那個是特殊案例啦，海藻腦袋。

波西：啊，你說我特殊！

尼克：她也說你是海藻腦袋。

◎面對死亡？我會死嗎？

尼克：我來回答這個問題。是的，你會死——總有一天。到時候，你會活在……呃，**存在**於冥界。

波西：里歐沒有。

尼克：里歐用他不該擁有的藥劑逃過死劫，沒有藥劑，他應該還是死亡狀態，就像他**原本應**該要變成的樣子。

波西：海柔也回來了。

尼克：那完全不一樣！我故意把她帶回來的。

波西：我只是要說，不是每個死掉的人都會保持死亡狀態。

尼克：下一個問題。

◎如果我不喜歡這裡怎麼辦？我可以回家嗎？

安娜貝斯：我從來沒有想家過。我猜那種感覺很討厭。但在你打包行李回家前，問一下你自己，誰能在外面的凡人世界保護你？誰會教你使用你的力量？誰真正了解身為混血人是什麼感覺？

波西：你隨時可以透過伊麗絲傳訊息回家。我就是這樣得知我媽的消息。

◎我的對話有隱私嗎？伊麗絲會一直在線上嗎？

波西：這個嘛，我從來沒想過。

安娜貝斯：我相信伊麗絲會按下靜音鍵。而且她最近太忙了，根本沒空偷聽。她正在舉辦「彩虹有機食物與生活節」，這是她全新的事業，是強調全天然、無麩質的素食。

尼克：天神啊，我寧願再次困在銅罐裡，只吃會讓我陷入昏迷睡死狀態的石榴種子，也不願吃那個什麼彩虹有機食物。

◎混血營在這裡多久了？

波西：喔，老天，這題有點難。有人推測是從一八六〇年代開始……

安娜貝斯：但喬治．華盛頓是混血人，如果他在此受訓，美國版的混血營應該超過一百年了。哇，我要來研究這件事。

尼克：你們這些新來的人隨時可以去問你們的天神父母。但說實話，時間對每個神來說都不一樣，所以我猜他們也不清楚。

◎混血營以前在哪裡？我是指，在古希臘之後？

波西：嗯……安娜貝斯，你要回答這題嗎？

安娜貝斯：這個嘛，顯然待過羅馬。在帝國滅亡之後，混血營換過好幾個國家，全看當時哪一國是強權。我其實不確定真正的地點。你必須問奇戎。

波西：恭喜你，孩子，你考倒智慧女神的女兒了！

◎最後一題：如果我稱呼宙斯之拳是「屎堆」，真的會被閃電摧毀嗎？

波西：只有一個辦法可以知道答案！

尼克：儘管去吧，孩子！我相信我爸爸會很樂意跟你見面。

安娜貝斯：波西！尼克！

波西和尼克：安娜——貝——斯！

啊，夏天結束了……

文／波西．傑克森

道路鋪面（或簡稱路面）有很多種形式。目前可見的有瀝青（雖然名稱有青字，但其實是黑色的）、鵝卵石、碎石、水泥……哈，騙到你了！我猜你以為自己失去看穿迷霧的能力，對吧？什麼……你說你沒有被騙？

嗯。好吧。回到正題。

在混血營外面，白天愈來愈短，晚上愈來愈涼。在混血營裡，學員正在討論回到凡人學校時必須上的課。夏天幾乎要結束了，這代表混血營將會關閉，對吧？

錯！

混血營全年都會開放給那些為了某種原因不能或不想回家的混血人。如果你屬於這種情形，記得通知當時的負責人（奇戎、戴先生或是其他的不死之身）你想留下來。如此一來，負責清潔的鳥身女妖才不會把你吃掉。仔細想想，為了安全，或許以書面說明你的意圖會是個好主意。

我從來沒有留在這裡度過夏天，但我在混血營休息的時候來過幾次。那時候這裡的感覺滿好的。安靜，因為只有十幾個學員留下來。有時，魔法屏障會讓雪飄進來——是那種可以壓實的雪，方便大家製作雪球，或用雪做雕塑品。那時混血營的氣氛也比較放鬆，就好像麻煩暫時不會出現了。甚至森林裡的怪物也冷靜了下來。（糟糕，我們是不是忘記跟你提到這點了？是我們的錯。）

據我所知，混血人想進行自己喜歡的專案，趁混血營休息時是大好時機。例如今年冬天，馬肯為了泛雅典娜節的到來，將開始製作雅典娜．玻利亞斯的長外衣。威爾和尼克希望能找到方法，讓尼克在影子旅行之後不會昏過去。（我們是不是忘記跟你說影子旅行是什麼？找時間問問尼克吧。或者請他示範，只不過要準備好抓住他。）我猜米蘭達．加汀納和薛曼．楊會一起做很多事；基於對他們隱私的尊重，我就不多說了。

至於我呢，我會回家，吃我媽媽準備的藍色食物、上學、和安娜貝斯待在一起。至少，我打算這樣做。我很想說我會堅守計畫，但因為我是混血人，我的計畫似乎都會發生意料之外的變化。

你很快就會對這點有深刻體悟。因為你猜怎麼著？

你也是混血人。

現在，請容我先告辭了……有人在外面大聲吹海螺號角。這可不太妙……

學員名錄（按出場順序）

波西・傑克森：男，父親是海神波塞頓，母親是莎莉・傑克森。黑髮、海綠色眼珠、結實身材。能控制水。

奇戎：男，不死的半人馬。父親是泰坦巨神克羅諾斯，母親是精靈菲呂拉。棕色眼珠、棕色頭髮與鬍子、強而有力的白色種馬身材。長期擔任混血人的訓練者，現在是混血營的活動主任。

安娜貝斯・雀斯：女，母親是智慧與編織女神雅典娜，父親是菲德克・雀斯博士。金髮、灰色眼珠。高級戰略家、傑出建築師，拯救消失已久的雅典娜・帕德嫩。英雄。

柯納・史托爾：男，父親是偷竊、信使、欺騙之神荷米斯（凡人母親不詳）。藍色眼珠、棕髮。崔維斯・史托爾的弟弟。目前擔任十一號小屋的首席指導員。以惡作劇出名。

瓦倫提娜・迪亞茲：女，母親是愛之女神阿芙蘿黛蒂（凡人父親不詳）。非常迷人。

瑞秋・伊莉莎白・戴爾：戴爾夫婦的女兒（父母都是凡人，但名字不詳）。紅髮、綠色眼珠。可預見未來。目前是德爾菲的神諭。

泰麗雅・葛瑞斯：女，父親是天空、閃電之神宙斯，母親是貝麗兒・葛瑞斯。羅馬混血人傑生・葛瑞斯是她的弟弟。曾經變成松樹，現在是阿蒂蜜絲獵女隊的永遠副隊長。刺蝟頭黑髮、閃電般藍色的眼珠。非常有力量，但懼高。英雄。

里歐・華德茲：男，父親是鍛造、火與金工之神赫菲斯托斯，母親是愛絲佩蘭薩・華德茲。棕色眼珠、黑髮、短小身材、不安、好動。能召喚火。英雄。

馬肯・佩斯：男，母親是智慧與編織女神雅典娜（凡人父親不詳）。灰色眼珠，金髮。安娜貝斯．雀斯離營時，替補為六號小屋的首席指導員。

埃利斯．韋克菲爾：男，父親是戰神阿瑞斯（凡人母親不詳）。肌肉發達。

蘿瑞兒與荷莉．維克多：勝利女神妮琪的雙胞胎女兒（凡人父親不詳）。愛好競爭，擅長運動。黑髮。

妮莎．巴瑞拉：女，父親是鍛造、火與金工之神赫菲斯托斯（凡人母親不詳）。棕髮。跟傑克．梅森共同擔任九號小屋的首席指導員。

伍德羅：羊男（半羊半人）。混血營的教練。

彼特：間歇泉之神（又名帕利考）。灰白有如泥濘的膚色、泡沫般的頭髮、牛奶色眼珠。他的下半身是蒸汽，上半身是健壯的人形。

米蘭達．加汀納：女，母親是農業女神狄蜜特（凡人父親不詳）。綠色眼珠。她和同母異父的姊妹凱蒂．葛登共同擔任四號小屋的首席指導員。

尼克・帝亞傑羅：男，父親是冥界之王黑帝斯，母親是瑪麗亞・帝亞傑羅。黑髮，黑眼珠，蒼白皮膚。非常有力量。定期往來於混血營與冥界。第一個知道朱比特營的希臘混血人。

出場的還有：

菲德克・雀斯：安娜貝斯・雀斯的凡人父親。

茱莉亞・費恩戈德：偷竊與信使之神荷米斯的女兒。

哈雷：鍛造之神赫菲斯托斯的兒子。

阿蒂蜜絲獵女隊：一群效忠狩獵女神阿蒂蜜絲的女孩，承諾要保持單身。被授予不死之身。

莎莉・傑克森：波西・傑克森的凡人母親。

克蕾莎・拉瑞：戰神阿瑞斯的女兒。

保羅・蒙提斯：青春女神希碧的兒子。

吳貝莉：農業女神狄蜜特的女兒。

巴奇・華克：彩虹女神伊麗絲的兒子。

薛曼・楊：戰神阿瑞斯的兒子。

最後，本節目的主角，如太陽般閃亮的不死之身——因為他就是太陽，一位無需介紹的天神，請以熱烈掌聲歡迎……**阿波羅！**

長島海峽
海灘
沙丘
東邊山丘
攀岩場
歐洛斯溪
餐廳涼亭
獨木舟湖
雅典娜·帕德嫩
小屋
草地
泰麗雅松樹
與金羊毛
美術工
藝中心
混血之丘
圓形露
天劇場
荷絲提雅的爐灶
兵工廠
神諭洞穴
營火
鐵工廠
排球場
草莓園
主屋
農場路3.141號
往蒙淘克窪地

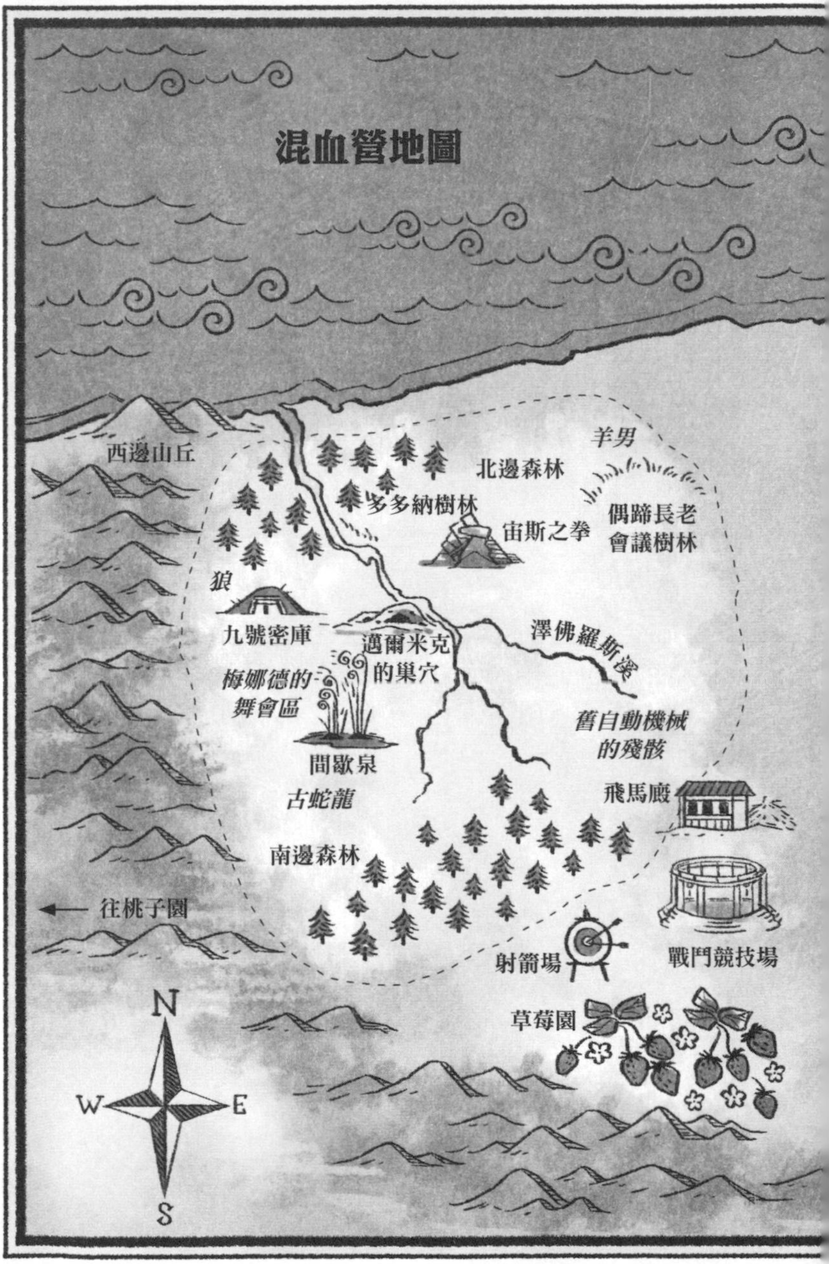
混血營地圖
西邊山丘
羊男
北邊森林
多多納樹林
宙斯之拳
偶蹄長老
會議樹林
狼
九號密庫
邁爾米克
的巢穴
澤佛羅斯溪
梅娜德的
舞會區
舊自動機械
的殘骸
間歇泉
古蛇龍
飛馬廄
南邊森林
往桃子園
射箭場
戰鬥競技場
草莓園
N
W
E
S

神話名詞解釋

人面蠍尾獅：這種生物的長相是人類的頭、獅子的身體，以及蠍子的尾巴。

大長袍：古希臘人穿的外衣，衣服會披過左肩，穿過右腋下。

大熊座：希拉在嫉妒心大發之下把卡利斯托變成熊，宙斯則把卡利斯托變成星座，讓其永恆不墜，此謂大熊座。

女式長外衣：古希臘女性穿的外袍或披巾，有寬鬆綹折的垂墜感，有時會繞到頭上。

小熊座：宙斯與卡利斯托的兒子阿卡斯變成的星座。

匹松：蓋婭派去守衛德爾菲神諭的蛇怪。

幻影幽靈：會附身的幽靈。

木精靈：樹木的精靈。

水精靈：一如其名。

半人馬：一種半人半馬的生物。

卡西歐佩亞：衣索比亞國王刻甫斯的妻子，安朵美達的母親；她聲稱安朵美達比海精靈還漂亮，激怒了波塞頓。

卡利斯托：精靈，跟宙斯生下兒子，後來被嫉妒的希拉變成熊；宙斯後來把她放到天上成為大熊座。

古蛇龍：黃綠相間的巨怪，體型像蛇，頸子有縐邊，眼睛像爬蟲類，爪子巨大；會噴毒液。

皮立翁山：位在希臘中部色薩利東南方的一座山；很多古希臘英雄的導師——半人馬奇戎的故鄉。

伊麗絲：希臘神話中的彩虹女神，諸神的傳訊者。

多多納樹林：非常古老的希臘神諭所在地，僅次於德爾菲神諭；

森林裡的樹木沙沙作響，為跋涉到此地的男女祭司提供答案。

安朵美達：衣索比亞國王刻甫斯與王后卡西歐佩亞的女兒；在卡西歐佩亞吹噓自己的女兒比海精靈漂亮之後，波塞頓派出海怪凱圖斯攻擊衣索比亞；安朵美達被鍊在岩石上當成獻祭品，柏修斯拯救了她。

百眼：指的是阿古士，是希拉派去監視愛歐（跟宙斯有糾葛的精靈）的百眼巨人。

羊男：希臘神話中的森林神，半人半羊。

克羅諾斯：十二位泰坦巨神中最年輕的一位；烏拉諾斯和蓋婭的兒子；宙斯的父親；他在母親的請求下殺了自己的父親。掌管命運、收穫、正義與時間的泰坦神。

希拉：希臘神話中的婚姻女神；宙斯的妻子與姊姊。

希普諾斯：希臘神話中的睡眠之神。

希碧：希臘神話中的青春女神；宙斯與希拉的女兒。

希臘火藥：一種用於海戰的燃燒武器，因為它能持續在水裡燃燒。

狄蜜特：希臘神話中的農業女神。她是泰坦巨神瑞雅與克羅諾斯的女兒。

七弦琴：一種弦樂器，類似小豎琴，用於古希臘。

亞特蘭妲：希臘英雄；耶梭斯國王的女兒，他把亞特蘭妲丟在山頂等死，因為他想要兒子；亞特蘭妲在荒野中長大，後來成為阿蒂蜜絲獵女隊一員；她跟阿爾戈號英雄一起出航，是隊伍中唯一一名女性。

奈米亞獅子：一頭肆虐奈米亞地區的獅子；牠的毛皮刀槍不入；遭海克力士獵殺。

妮琪：希臘神話中的力量、速度與勝利女神。

宙斯：希臘神話中的天空之神，眾神之王。

帕利考：宙斯與泰雷亞的雙胞胎兒子；間歇泉與溫泉之神。

帕勒斯特拉：希臘神話中的角力女神。

泛雅典娜節：在雅典舉行的古宗教節慶；雅典人列隊前往衛城，以一百頭牛做為犧牲，並把精美刺繡的衣服等祭品獻給帕德嫩神殿裡的雅典娜女神。

波塞頓：希臘神話中的海神與馬神；泰坦巨神克羅諾斯與瑞雅的兒子，跟宙斯與黑帝斯是兄弟。

金羊毛：這種從有翅膀的金色公羊身上取下的皮毛，是權威與王位的象徵；它由一頭龍與一群噴火公牛守衛著。古代傑生接到取得金羊毛的任務，後來變成一趟史詩級的尋找任務。

長袍：希臘服裝；無袖、材質多為麻或棉的一整塊布，在肩膀以胸針固定，腰繫皮帶。

阿卡斯：父親是宙斯，母親是追隨阿蒂蜜絲的精靈卡利斯托；宙斯為了誘惑卡利斯托把自己偽裝成阿蒂蜜絲；希拉後來嫉妒心大發，把卡利斯托變成熊，宙斯把他們的兒子阿卡斯藏在希臘某個地方，那裡後來稱做阿卡狄亞。

阿古士：希拉派去監視精靈愛歐的百眼巨人。

阿波羅：希臘神話中的太陽、預言、音樂與醫療之神，宙斯與麗托的兒子，阿蒂蜜絲的孿生兄弟。

阿芙蘿黛蒂：掌管愛與美的希臘女神；她嫁給了赫菲斯托斯，但她愛的是戰神阿瑞斯。

阿思克勒庇俄斯：希臘神話中的醫療之神；阿波羅的兒子；他的神殿是古希臘的醫療中心。

阿基里斯：希臘第一勇士，在特洛伊戰爭中包圍特洛伊；超強、勇敢、忠誠，他只有一個弱點：腳跟。

阿瑞斯：希臘戰神；宙斯與希拉的兒子，跟雅典娜是同父異母的姊弟。

阿蒂蜜絲：希臘神話中的月亮與狩獵女神；宙斯與麗托的女兒，阿波羅的孿生姊妹。

阿蒂蜜絲獵女隊：一群效忠阿蒂蜜絲的處女，天生具有狩獵技巧，只要她們終身拒絕男人就能永保青春。

阿爾戈號英雄：跟古代傑生一起搭阿爾戈號出航去找金羊毛的人。

柏修斯：希臘英雄；他的眾多英勇事蹟之一是從海怪凱圖斯手中救出安朵美達。

派對小馬：一群行為放縱、狂喝沙士的半人馬；知名行徑包括在箭尖套上拳擊手套，使用漆裡面混進神界青銅粉塵的漆彈槍。

飛馬：有翅膀的神馬，由波塞頓以馬神身份進行繁殖。

冥河：構成人世與冥界之間疆界的那條河。

冥界：死者的王國，靈魂在此追求永生；由黑帝斯統治。

埃尼亞斯：特洛伊英雄，阿芙蘿黛蒂的兒子，阿波羅的寵兒；後來成為特洛伊人的國王。

恩塞勒達斯：蓋婭為了摧毀雅典娜女神特地創造的巨人。

泰坦大戰：泰坦巨神與奧林帕斯眾神間長達十年的史詩級戰爭，最後由奧林帕斯眾神拿下王座。

泰坦巨神：強大的希臘神族，烏拉諾斯和蓋婭的子嗣，黃金時代的統治者，後來被年輕的奧林帕斯眾神推翻。

泰姬：希臘神話中的幸運女神；荷米斯與阿芙蘿黛蒂的女兒。

海精靈：一如其名。

涅梅西絲：希臘神話中的報應女神。

烏拉諾斯：希臘神話中的天空化身；泰坦巨神族的父親。

特洛伊：位在今日的土耳其；特洛伊戰爭的地點。

特洛伊戰爭：根據傳說，特洛伊的帕里斯從她的丈夫，也就是斯巴達的國王米奈勞斯的身邊帶走海倫之後，亞該亞人（希臘人）就對特洛伊城發動了特洛伊戰爭。

神界青銅：一種會讓怪物致命的稀有金屬。

胸帶：古希臘女性穿的衣物，繫在胸部下方給予支撐的一種長條狀軟布。

迷宮：工藝師代達羅斯原先為了囚禁彌諾陶而在克里特島修建的地下迷宮。

迷霧：一種能把東西偽裝起來不讓凡人看見的魔法力量。

荷米斯：希臘神話中的旅人之神；亡靈的嚮導；通訊之神。

荷絲提雅：希臘神話中的爐灶女神。

鳥身女妖：有翅膀，能抓取東西的雌性生物。

傑生：古希臘英雄，他在阿爾戈號英雄取回金羊毛的任務中，擔任隊長。

凱圖斯：當卡西歐佩亞吹噓自己的女兒安朵美達比海精靈還漂亮，波塞頓為了懲罰她而派去攻擊衣索比亞的海怪；安朵美達成為怪物的獻祭品，後來被柏修斯拯救。

雅典娜：希臘智慧女神。

雅典娜．帕德嫩：非常巨大的雅典娜雕像；有史以來最有名的希臘雕像。

雅典娜．玻利亞斯：在希臘雅典衛城的雅典娜神殿裡，一尊由橄欖木雕成的真人大小神像，玻利亞斯為「城市」之意。

黑卡蒂：魔法與十字路口女神；能控制迷霧。

黑帝斯：希臘神話中的死亡與富裕之神；冥界的統治者。

塔耳塔洛斯：冥界最深處。

奧林帕斯山：奧林帕斯十二主神的家。

愛歐：吸引宙斯注意的精靈，受到百眼巨人阿古士的監視。

精靈：賦予大自然活力的仙女。

蓋婭：希臘神話中的大地女神；泰坦巨神、巨人、獨眼巨人與其他怪物的母親。

赫菲斯托斯：希臘神話中的火與工藝之神，也是鐵匠之神；宙斯與希拉的兒子；跟阿芙蘿黛蒂結婚。

影子旅行：一種運輸方式，能讓冥界的生物或黑帝斯的孩子利用影子跳到人世或冥界任何地方，不過這會讓使用者極度疲累。

德爾菲神諭：發布阿波羅預言的人。

魅語：阿芙蘿黛蒂賜予自己孩子的恩惠，讓他們能用自己的聲音說服他人。

獨眼巨人：一群原始的巨人族；每個人的前額中間有一隻眼睛。

彌諾陶：牛頭人身的怪物，克里特國王米諾斯的兒子；彌諾陶被囚禁在迷宮裡，牠會殺害被送進迷宮裡的人。牠最後被鐵修斯打敗。

戴歐尼修斯：希臘神話中的酒與狂歡之神；宙斯的兒子；混血營的營長主任。

邁爾米克：一種像螞蟻的巨大生物，在吃掉獵物之前先以毒液癱瘓對方；以保護各種金屬聞名，尤其是金。

邁錫尼：柏修斯和安朵美達創立的首都。

臍：用來標示世界的中心（或肚臍）的石頭。

雙耳油罐：一種雙耳有細頸的高陶罐。

彎刀：長約九十公分的刀，刀身向前彎曲。

作者簡介
雷克·萊爾頓（Rick Riordan）
美國知名作家，最著名作品爲風靡全球的【波西傑克森】系列。因爲此系列的成功，使他成爲新一代奇幻小說大師。在完成波西與希臘天神的故事後，萊爾頓緊接著的【埃及守護神】系列改以古埃及的神靈與文化爲背景，另有以北歐神話爲背景創作的【阿斯嘉末日】系列。而【混血營英雄】與【太陽神試煉】系列則接續了【波西傑克森】的故事，並加入羅馬神話的元素。
想進一步了解雷克·萊爾頓的相關訊息，請參見他的個人網站：
www.rickriordan.com

譯者簡介
江坤山
淡江大學西洋語文研究所碩士，曾任編輯。著有《未來公民——電腦》，曾獲「好書大家讀」年度最佳少年兒童讀物獎；譯有《波西傑克森：機密檔案》、《混血營英雄：混血人日記》等書。

太陽神試煉

混血營攻略

文／雷克・萊爾頓
譯／江坤山

主編／林孜懃　　封面設計／唐壽南
行銷企劃／鍾曼靈　出版一部總編輯暨總監／王明雪

發行人／王榮文
出版發行／遠流出版事業股份有限公司　台北市南昌路 2 段 81 號 6 樓
電話：(02)2392-6899　傳真：(02)2392-6658　郵撥：0189456-1
著作權顧問／蕭雄淋律師
輸出印刷／中原造像股份有限公司
□ 2019 年 5 月 1 日 初版一刷

定價／新台幣 299 元（缺頁或破損的書，請寄回更換）

ISBN 978-957-32-8535-9
遠流博識網 http://www.ylib.com　E-mail:ylib@ylib.com
遠流雷克萊爾頓奇幻欄 http://www.facebook.com/thekanefans

FROM PERCY JACKSON：CAMP HALF-BLOOD CONFIDENTIAL

國家圖書館出版品預行編目 (CIP) 資料

太陽神試煉：混血營攻略 / 雷克 . 萊爾頓
(Rick Riordan) 著 ; 江坤山譯 . -- 初版 . -- 臺
北市 : 遠流 , 2019.05
面； 公分
譯自：From percy jackson : camp half-blood
confidential
ISBN 978-957-32-8535-9(精裝)

874.57 108004894